Fools Die on Friday

新編賈氏妙探

之11 給她點毒藥吃

賈德諾 Erle Stanley Gardner 著　周辛南 譯

目錄
Contents

Fools Die on Friday

目錄

Contents

出版序言

關於「妙探奇案系列」

當代美國偵探小說的大師，毫無疑問，應屬以「梅森探案」系列轟動了世界文壇的賈德諾（E. Stanley Gardner）最具代表性。但事實上，「梅森探案」並不是賈氏最引以為傲的作品，因為賈氏本人曾一再強調：「妙探奇案系列」才是他以神來之筆創作的偵探小說巔峰成果。「妙探奇案系列」中的男女主角賴唐諾與柯白莎，委實是妙不可言的人物，極具趣味感、現代感與人性色彩；而每一本故事又都高潮迭起，絲絲入扣，讓人讀來愛不忍釋，堪稱是別開生面的偵探傑作。

任何人只要讀了「妙探奇案」系列其中的一本，無不急於想要找其他各本，以求得窺全貌。這不僅因為作者在每一本中都有出神入化的情節推演，而且也因為書中主角賴唐諾與柯白莎是如此可愛的人物，使人無法不把他們當作知心的、親近的朋友。「梅森探案」共有八十五部，篇幅浩繁，忙碌的現代讀者未必有暇遍覽全集。而「妙探奇案系列」共為廿九部，再加一部偵探創作，恰可構成一個完整而又連貫的「小全集」。每一部故事獨立，佈局迥異；但人物性格卻鮮明生動，層層發展，是最適合現代讀者品味的一個偵探系列。雖然，由於賈氏作品的背景係二次大戰後的美國，與當今年代已略有時間差異；但透過這一系列，讀者仍將猶如置身美國社會，飽覽美國的風土人情。

本社這次推出的「妙探奇案系列」，是依照撰寫的順序，有計劃的將賈氏廿九本作品全部出版，並加入一部偵探創作，目的在展示本系列的完整性與發展性。全系列包括：

①來勢洶洶 ②險中取勝 ③黃金的秘密 ④拉斯維加，錢來了 ⑤一翻兩瞪眼 ⑥變！失踪的女人 ⑦變色的色誘 ⑧黑夜中的貓群 ⑨約會的老地方 ⑩鑽石的殺機 ⑪給她點毒藥吃 ⑫都是勾搭惹的禍 ⑬億萬富翁的歧途 ⑭女人等不及了 ⑮曲線美與痴情郎 ⑯欺人太甚 ⑰見不得人的隱私 ⑱探險家的嬌妻 ⑲富貴險中求 ⑳女人豈是好惹的 ㉑寂寞的單身漢 ㉒躲在暗處的女人 ㉓財色之間 ㉔女秘書的秘密 ㉕老千計，狀元才 ㉖金屋藏嬌的煩惱 ㉗迷人的寡婦 ㉘巨款的誘惑 ㉙逼出來的真相 ㉚最後一張牌。

本系列作品的譯者周辛南為國內知名的醫師，業餘興趣是閱讀與蒐集各國文壇上高水準的偵探作品，對賈德諾的著作尤其鑽研深入，推崇備至。他的譯文生動活潑，俏皮切景，使人讀來猶如親歷其境，忍俊不禁，一掃既往偵探小說給人的冗長、沉悶之感。因此，名著名譯，交互輝映，給讀者帶來莫大的喜悅！

譯序

美國有史以來最好的偵探小說

周辛南

賈氏「妙探奇案系列」，（Bertha Cool—Donald Lamm Mystery）第一部《來勢洶洶》在美國出版的時候，作者用的筆名是「費爾」（A. A. Fair）。幾個月之後，引起了美國律師界、司法界極大的震動。因為作者大膽的在小說裡寫出了一個方法，顯示美國人在現行的美國法律下，可以在謀殺一個人之後，利用法律上的漏洞，使司法人員對他無計可施，只好讓他逍遙法外。

於是「妙探奇案系列」轟動了美國的出版界、讀書界和法律界，到處有人打聽這個「費爾」究竟是何方神聖？

作者終於曝光了，原來「費爾」就是名作家賈德諾的另一個筆名。史丹利．賈德諾（Erle Stanley Gardner）是美國當代最著名的作家之一。他本身是法學院畢業的律師，早期執業於舊金山，曾立志為在美國的少數民族作法律辯護，包括較早期的中國移民在內。律師生涯平淡無奇，倒是發表了幾篇以法律為背景的偵探短篇頗受歡迎。於是改寫長篇偵探推理小說，創造了一個五、六十年來全國家喻戶曉，全世界一半以上國家有譯本的主角——梅森律師。

由於「梅森探案」的成功，賈德諾索性放棄律師工作，專心寫作，終於成為美國有史以來第一個最出名的偵探推理作家，著作等身，已出版的一百多部小說，估計售出七億多冊，為他自己帶來巨大的財富，也給全世界喜好偵探、推理的讀者帶來無限樂趣。

賈德諾與英國最著名的偵探推理作家阿嘉沙．克莉絲蒂是同時代人物，都活到七十多歲，都是學有專長，一般常識非常豐富的專業偵探推理小說家。

賈德諾因為本身是律師，精通法律。當辯護律師的幾年又使他對法庭技巧嫻熟，所以除了早期的短篇小說外，他的長篇小說分為三個系列：

一、以律師派瑞．梅森為主角的「梅森探案」；

二、以地方檢察官Doug Selby為主角的「DA系列」；

三、以私家偵探柯白莎和賴唐諾為主角的「妙探奇案系列」；

以上三個系列中以地方檢察官為主角的共有九部。以私家偵探為主角的有二十九部，梅森探案有八十五部，其中三部為短篇。

梅森律師對美國人影響很大，有如當年英國的福爾摩斯。「梅森探案」的電視影集，台灣曾上過晚間電視節目，由「輪椅神探」同一主角演派瑞．梅森。

研究賈德諾著作過程中，任何人都會覺得應該先介紹他的「妙探奇案系列」。讀者只要看上其中一本，無不急於找第二本來看，書中的主角是如此的活躍於紙上，印在每個讀者的心裡。每一部都是作者精心的佈局，根本不用科學儀器、秘密武器，但緊張處令人透不過氣來，全靠主角賴唐諾出奇好頭腦的推理能力，層層分析。而且，這個系列不像某些懸疑小說，線索很多，疑犯很多，讀者早已知道最不可能的人才是壞人，以致看到最後一章時，反而沒有興趣去看他長篇的解釋了。

美國書評家說：「賈德諾所創造的妙探奇案系列，是美國有史以來最好的偵探小說。單就一件事就十分難得——柯白莎和賴唐諾真是絕配！」

他們絕不是俊男美女配：

柯白莎：女，六十餘歲，一百六十五磅，依賴唐諾形容她像一捆用來做籬笆，帶刺的鐵絲網。

賴唐諾：不像想像中私家偵探體型，柯白莎說他掉在水裡撈起來，連衣服帶水不到一百三十磅。洛杉磯總局兇殺組宓警官叫他小不點。柯白莎叫法不同，她常說：「這小雜種沒有別的，他可真有頭腦。」

他們絕不是紳士淑女配：

柯白莎一點沒有淑女樣，她不講究衣著，講究舒服。她不在乎別人怎麼說，我行我素，也不在乎體重，不能不吃。她說話的時候離開淑女更遠，奇怪的詞彙層出不窮，會令淑女嚇一跳。她經常的口頭禪是：「她奶奶的。」

賴唐諾是法學院畢業，不務正業做私家偵探。靠精通法律常識，老在法律邊緣薄冰上溜來溜去。溜得合夥人怕怕，警察恨恨。他的優點是從不說謊，對當事人永遠忠心。

他們也不是志同道合的配合，白莎一直對賴唐諾恨得牙癢癢的。

他們很多地方看法是完全相反的，例如對經濟金錢的看法，對女人——尤其美女的看法，對女秘書的看法……

但是他們還是絕配！

賈氏「妙探奇案系列」，為筆者在美多年收集，並窮三年時間全部譯出，全套共三十冊，希望能讓喜歡推理小說的讀者看個過癮。

第一章　叔父的妻子

我向新來的接待員點了一個頭，直接走向我私人辦公室，把門推開，把帽子向衣帽間架子上一拋。笑著對我私人秘書卜愛茜說：「有什麼事嗎？」

她從打字機上抬起頭來：「唐諾，新西裝呀？」

「嗯哼。」

「看起來——」

「很好？」我問。

「非常好。」她說。

「謝謝，」我告訴她，「有什麼要緊事嗎？」

「白莎要見你。」

「有客戶？」

她點點頭。

「好，」我說：「我去她辦公室。」

我走到接待室，在一扇寫著「柯氏——私人辦公室」的門上，做樣地敲了兩下，自動開門進去。

坐在白莎辦公桌對面的女郎正在打開皮包。白莎貪婪的小眼睛閃爍地發著光。她把眼光自女郎皮包不滿地轉向我看來，又轉向女郎說：「這是賴唐諾。我的合夥人。」她又對我說：「包蓓思小姐，我們的客戶。」

我鞠躬，微笑，說點客套話。包小姐似乎輕鬆了一些，增加了一點信心。她說，「賴先生，你好。」又加了一句：「我常聽到你的名字。」

白莎一百六十五磅的身軀不耐地在她座椅上扭動了一下，雙眼又回到女郎腿上的皮包。

「我也希望我們能對你有所幫助。」我說。

白莎不耐地說：「我們不必浪費時間重複案情。重點我都記下來了。」她把手指指向桌上的記事本。手指上的鑽戒跟著她手的移動閃閃發光。

我從白莎側面看向她桌上那本大而黃色的活頁格紙。第一頁上有六個人的名字，另有六、七處寫著五百元的數字分佈在紙的各處。

白莎就是喜歡胡寫亂畫數目字。

女郎抓住了半開的皮包，就是還沒決定把支票本取出來。

白莎的轉椅吱咯吱咯地響著。她說：「親愛的，我想我們談得差不多了。」然後又加一句：「我會給你張收據。我看現在先付兩百五十元，明天再付兩百五十元。」

女郎把手伸進皮包，拿出一疊折得很整齊的鈔票。

白莎趨前去取鈔票，椅子又吱咯地呻吟著。白莎開始簽她的收據。

女郎趁此機會抬頭望我，笑了一下。自皮包中拿出一只菸匣，抬起眉毛向我做了一個無聲的邀請。

我搖搖頭：「暫時不要，謝謝。」

她自己拿出支菸，在菸匣的邊緣上輕敲著。菸匣是銀製的，三個金質花體英文字母平平的鑲在面上，非常精緻。三個字母是「ＨＣＬ」。

她見到我在看香菸匣，就很自然地把鑲金部分遮起。

柯白莎把收據給她。她隨便地向皮包中一放，拿出一支打火機，把香菸點著。

她的手有一點顫抖。

她把打火機放回皮包，又把收據拿出來折起，說道：「真多謝了。你們能立即開始工作嗎？」

「當然，立即開始。」白莎說。打開一個放現鈔的抽屜，把錢放進去。

女郎說：「必須要快點開始。因為我想——我想現在就有一點危險。你一定要先嚇阻她一下。」

「不要擔心，親愛的。」

白莎微笑著。

「你們會為我保密？」

「當然。」

「我是你們的客戶？」

「自然。」

「你們會把我的利益列為優先？」

「絕對。」

「即使——即使有人出錢賄賂你們，也不出賣我？」

「我們是——不會出賣客戶的。」

我問：「你要我們工作多久呢？」

「一個星期，我認為這是最危險時期。」

「什麼時候開始？」

「現在就開始。」

白莎說：「我們定的費用也是一個星期。」

「我瞭解這一點，柯太太。」

女郎站起，最後長長地吸了一口她的菸，把香菸在菸灰缸捺熄，拋在菸灰缸裡。

「謝謝。」她對白莎說。接著把眼光轉向我，足足看了我兩秒鐘，她向前走，我替她把門拉開。

她是個美女，褐色的髮膚，身材苗條，曲線玲瓏，我特別喜歡她裙子背後的設計和服貼的樣子。我一直看著她經過接待室。

白莎說：「小心眼珠掉出來！我——」

「等一下。」我看都不看她，伸一隻手向她那方向一揮。

我很快溜進自己的辦公室，兩手把住卜愛茜打字用的輪椅的椅背，用力一拖，把她連椅帶人移開了打字機。一轉轉成和我面對面。

「嗨，什麼大事——」她抗議地說。

我說：「一個小姐，灰色外套裙子，有絨毛領子的淺藍上衣。一個棕色的手皮包。深茶色長襪和鞋子。二十四歲左右。大概一百二十磅。現在在電梯前面。她沒見過你。假如她乘計程車，你把計程車車號抄下來。假如她步行，試著跟蹤她，不過不要讓她知道。」

我把她推出門去。「快走。」

她穿過接待室，打開辦公室門，走上走道。我自管回到白莎的辦公室。

「老天爺！」白莎說。從頭到腳地看著我。

「怎樣啦？」

「又是一套新衣服。」

「有什麼不對？」

她說：「有什麼不對！你真要把鈔票統統花在衣服上？」

「倒也不是全部。」我說。

「我也不希望你都花掉了。還要付所得稅，你知道。」

「所得稅！老天！我完全把這檔子事忘了。」

白莎的臉由紅泛紫。「終有一天，我要把你掐死。」

我在客戶用椅上坐下，點了支菸。椅子因為剛才包小姐坐過，尚有餘溫。

「說說看，怎麼回事？」我問。

「她名叫包蓓思。」

「你剛才已經告訴過我。」

「她叔父叫包啟樂，做地產生意。包先生的太太姐芬想要毒死他。他一點也不知道。我們要拖延時間和嚇一嚇他太太。」

我把煙自鼻孔中慢慢噴出：「她和她叔叔住在一起的？」

「不，她自己有一棟公寓。她做一些研究工作。但是她曾跟我說，不論什麼情況，絕對不要我們到她公寓找她，她的室友非常好奇，愛管閒事。」

「那去哪裡和她聯絡呢？」

「我們不和她聯絡。她會找我們。但假如發生什麼緊急情況，而我們非和她聯絡不可時，她說我們可以打電話到包啟樂家請包太太的秘書立即來試一下她的衣服。她說她會得到這個消息，懂得什麼意思。」

「我們又從何著手，使這個姓包的不會吃錯藥抽筋呢？」

「我怎麼知道，這是屬於你的工作部門的，唐諾。」

「好，我來想想看。」我說。回到我自己辦公室，把報紙的體育版打開。

第二章　香菸盒上的鑲金花體字

卜愛茜在五分鐘後滿面春風地回來。她說：「唐諾，我運氣不錯。」

「那好，怎麼樣？」

「她走出去正好有輛計程車來這裡。她急著等客人下車她可以上車，所以我可以慢慢地看計程車車號。」

「你沒有聽到她給計程車地址？」

卜愛茜搖搖頭，「噢，你沒有叫我這樣做呀。」

我告訴她：「機會反正也不多。我以為也許你會聽到。好，車號是幾號？」

她把一張紙交給我。「我寫下來了，怕萬一忘記。」她說：「另外還有一件事，那輛車後玻璃上有幾個字，是過去拐角上那家大旅社的特約車。」

我看看紙上的車號說：「我們運氣好，它可能會回旅館來，等一下我去看看。」

我把有車號的紙藏起。拿起報紙找到分類廣告。找房地產部門。找到包啟樂房地產公司。有十多個地段的房地產準備出售。我仔細看地址，發現有三宗是和包啟樂房地產公司相同的地址——西斜坡道二二一五號。

我告訴卜愛茜我可能吃飯之前不會回來。我下樓把公司車自車場開出。

我開車到西斜坡道二二一五號。這是在市郊的山城高地一個新社區邊上。顯然包啟樂是想把祖父祖母輩的人都吸引到這一帶來。

房地產公司辦事處是一棟外型怪異的房子。高尖的人字形屋頂，殖民地拱門狀的出入口。這是當代標準加州房地產公司新社區辦事處的樣子。其目的也許是讓別人老遠就知道這不是民宅，是辦事處。

我把門推開，走進去。

一個女郎坐在寫字桌邊在打字機上打合同。她抬頭看了我一下又回頭打字。

我走向她，停在一個和房間等長的櫃檯前。女郎仍自顧在打字。

我重重地咳了一聲。

女郎停下打字叫道：「華小姐。」

沒有人應聲。

女郎站起來，走到另一張寫字桌旁，按上面的鈴。幾乎立即地，內側一扇漆有「私人辦公室」的門打開。一位年輕女士走了出來。

她出來的時候滿臉笑容。她保持笑臉一直向我走來。她讓辦公室門開著。從她肩後我向辦公室裡望，可以見到一位年約三十五歲的男人坐在辦公桌後。我看到的是他的側面。假如他知道辦公室門沒有關，可能他也不在乎。也許這只是生意秀的一部分。

他有一頭漂亮深色鬈髮和挺直的鼻子，略微超重了一些，雙下巴破壞了他側面的美觀。他忙著拿起前面的文件，看著，又放下去。雙眼不太眨動，做著全神貫注的樣子。

我斷定這是裝樣子做秀。

華小姐，我想是他的秘書，也是接待顧客的主要人物。打字機前的女郎看起來非常能幹，但很明顯的他們的目的是出售西斜坡高地新社區的坡地，而房地產的出售者最喜歡雇用美女來說服客人。

華小姐穿一件緊身的套頭毛衣。

「早安，」華小姐說：「我是包先生的秘書和助手。有沒有什麼我可以為你服務的？」

我說：「我想看看這一帶買塊地要多少錢。可能的話，我還想去現場看看。」

她有很美的牙齒，也懂得如何顯示它們。她說：「可惜目前所有的推銷員都已經派出去了。不過我的確知道有一位馬上就要回來了。」

「能不能看看全景的地圖，並且看看哪些地還尚未賣出去？還有價錢——」

她說：「喔，不行。我們不能這樣做。」

她打斷我的話，臉上的笑容真是甜如蜜。按說，我的思想應該會完全被她所控制，可惜我的注意力根本不在她身上，而是在辦公室的男人身上。

「為什麼不能？」

她眼睛也會笑，笑著等我的注意力自別的地方回到她臉上，而後她說：「你一定要原諒我，我們出售地段太多了，所以我們很懂得這一行的秘訣——讓我這樣說給你聽，假如你到一家鞋店去買一雙鞋，很多客人不喜歡店主不理睬你而讓你自己到架上找你要的鞋。」

「為什麼不喜歡？」

「因為鞋店店員的目的不該只是賣你一雙鞋，而是幫你找到你要的那種鞋。應該他幫你找到你準備在哪種場合，配什麼衣服，大小合適的鞋。」

她故意停下來，給我一個合適的表情，又道：「你想在一個新社區找一塊地也是如此。我先要知道你買地的目的。你是準備造房子自己住的？你是準備造個兩萬元，還是十萬元房子的？你是買塊地等漲價投資的？或是其他原因。」

辦公室中的男人，顯然是得到了什麼靈感上的警告，站起來，走過來，把門關上。

我說：「我還不打算立即造房子。我打算將來造一棟一萬兩千元到一萬五千元的房子。我想我現在先買一塊地，免得鈔票貶值了。」

她點點頭表示欣賞我的聰明。

「假如價格上漲，」我說，「我也會考慮把它賣掉，但原本購買的意思決不是為了投資。」

她走到櫃檯底端，按了一個暗藏的按鈕，把櫃檯的一部分檯面舉起，把櫃檯下面的半門推開，走出來，走到我身旁。

她說：「我想你非常非常對，你是——」

「賴。」

「噢，謝謝你，賴先生，我倒不是好管閒事，很多人不肯把姓名告訴我們這一行的人。但是你和他們不同，你很友善，你要不要和尊夫人一起來看看地方？」

「我還沒有結婚，我希望——所以要買塊地。」

「當然，當然。我想你很聰明，賴先生。你的決定非常明智。我來看看，我一定有辦法請個人帶你出去看看。今天不巧，一個人休假，另外一個人被派到城裡商業區去看一棟房子。是的，包先生的房地產太多了，我再來看看……」

她走向門去，我跟在她身後。

打字機前的女郎抬頭望過來，給了好奇的一瞥，我看出她眼裡有一點點同情，然後又回頭打她的字。

華小姐不斷地對我說話，吸引我的注意力，好像魔術師在台上一樣。「我還沒有告訴你我的名字吧，賴先生，我叫華素素，我是包先生的秘書，他忙的時候我儘量減輕他的負擔，你今天早上真是來得不巧，但是一定馬上會有推銷員回來，一定的。你看來了輛車，一定是推銷員回——不，不是的。」

「也許是另一位顧客。」我說。

「不是。」她簡短地說。我從她的回答看得出從斜坡上接近的車是位不受歡迎的不速之客。

車子停下，一位身材高瘦，帶著一雙沮喪、疲乏眼神的男士下車。推開大門，故意提起全部精力說：「哈囉，漂亮小姐。」

「早安。」

「今天怎麼那麼客氣，寶貝？呀！明白了。有位顧客在。老闆在裡面嗎？」

「在是在，但是他忙得很。」

「再忙也不能不見我蔡凱爾呀！」

她無可奈何地看一下我說：「請你在這裡等我一下，不要離開，我必須先去通知一下包先生。」

我點點頭表示同意。

她對蔡先生說：「等一下，我去對包先生說你來了。我知道只要他有空一定會見你，只怕他實在太忙。」

「也不必麻煩你啦，親愛的。我自己進去就可以了。」

「我就是不希望你自己闖進去。對不起。」

她很快地進了辦公室，並且沒有忘了把門關起。

蔡看著我笑笑：「天氣真好。」

我點點頭。

「相當暖和。」

「是的。」

「每年這時候都這樣。我們這裡氣候不錯，尤其這一帶更好。」

「你是指西斜坡高地？」

「是的，這混蛋城市中氣候最好的地方。你在這裡做什麼？想買一塊地？」

我點點頭。

「那太好了，買地最好了。老包會把這社區最好的地賣給你的。包起來，放在一個信封裡，緞帶花一紮，放朵鮮花在角上，使你很有真實的安全感。」

我點點頭。

他繼續說：「這裡風景不錯。可以鳥瞰全城。我看看能不能學得像我出色的姐夫。整個城市像新藝綜合銀幕一樣展示在你眼前，白天看起來像荷蘭及龍潭的小人國，在晚上是星海。當夕陽西下，彩霞滿天，住這裡的人……」

辦公室門打開，華素素說：「他實在太忙，無法見你。但是我可以為你轉句話。」

「嘖，嘖！婉拒就是了。告訴老包，我見他是私事。」

「我幫你轉達。」

「是私事。」

她把下巴向前一抬：「多少？」

「我急需兩百元。你要知道——」

門已重重關上。

蔡對我笑笑：「昨天的馬不肯照常規跑。老包不喜歡我賽馬。即使我贏，他也不高興。」

我說：「誰也不能一定贏呀。」

「就是這麼說嘛。」蔡同意地說。

「你說他是你姐夫，你是他太太的弟弟？」

「他前妻的弟弟。」蔡回答。

「離婚了？」

「她死了。」

我說：「對不起，我不是有意打聽別人的隱私。」

蔡凱爾一改漠不關心的神情反而冷靜無禮地說：「誰說你不是。」

門又打開，華素素出來，交了一張二十元的鈔票給凱爾，樣子像一個女人給乞丐一點錢一樣。

蔡凱爾一聲不吭地收下，把錢自中間一折，放入口袋。

華素素懇求地向我說：「請再等一下，賴先生。真的有一位推銷員會馬上回來。」

蔡凱爾說：「等什麼。跟我一起走，用我的車，我帶你看地。你姓什麼？姓賴。」

華素素說：「不必麻煩你，蔡先生。有一位推銷員馬上就會——」

蔡說：「你怎麼知道？你是拜過哪個菩薩的？你收到電報了？還是亂蓋的？」

她向他怒視著。

蔡說：「犯不著把血壓升高了。我認為你漸漸發胖了。你的束腰今天看起來緊了一點。老包喜歡曲線，你的毛衣不錯，不過……算了，賴先生，我的車在外面，我車上有地圖，我也知道每塊地的定價，我——」

華素素說：「你不知道哪一塊已經賣掉了。你什麼也不知道，你好久——」

「不要嘰嘰喳喳，」蔡說，「這樣對你不好。老包一直說我是好的房地產推銷員。他不是還老要我回來替他工作嗎？」

華素素有點激動，她說：「不也是他要你不幹的嗎？」

「是呀，沒錯。那是因為我心不夠好，不是嗎？我沒有那股熱心。換言之，我告訴顧客實情。來，賴先生，你要看看這地方，還是不想看？」

我看看自己的錶說：「事實上我也不能再等了。」

「來來，不花你一毛錢，不花太多時間，我只是帶你走一圈，告訴你要買的話，買哪裡最合算。我希望你不是在找便宜貨，老包不賣便宜貨。這一點是他的長處。真是他的長處。」他帶了我出門走向他的車。

華素素生氣地回辦公室，把門重重地關上，整個辦事處都在搖動。

蔡凱爾繞過車子，到車的左側坐進了駕駛座。

「朋友，你想要一塊什麼樣子的地？」

「大概兩千元左右的地，以後可以造房子的。」

「多久之後想造房子的？」一面讓我進車。

「還沒有決定。」

「多大一棟房子？」

「也許一萬五千元。」

他讓我坐定，一面發動引擎一面說：「好，我們來看看。」

他用車把我帶到一條新闢的路邊，他說：「這裡左邊有不少三千元的土地，你看怎麼樣？」

「看起來不錯。」

蔡倒胃口地說：「問題是這些地的方向不對。當附近的其他地也都出售，造起房子來時，就把你的視野遮住了。你看出去非但不是城市而是像新藝綜合銀幕的白天，星海的夜晚。反而只會看見別人的前臥室。假如那家的太太漂亮的話，還可以說有點景色。要是那家的太太是個邋遢的老巫婆，你的日子怎麼過？是我就不買這一側的地。」

「那麼對面的地怎麼樣呢？」

「三千五百元。這些地在山坡上。你的房子在低的一面，三樓的地方正好是高的一面臨街的第一層。假如你要知道真相的話，我看雨季一到，這附近的山坡地如此濫造的話，早晚會坍方。再說將來路是只好開在高的一面，所以門是向街的，目前所看到面向這邊的景色只能從廚房和廁所的小窗戶中看到。或許你願意把廁所、廚房設計到從外面一進門的地方。那樣還有個缺點。飯廳的髒碗髒碟要送到前面的三樓來洗，洗好了再拿下去用。陡坡上造房子這種缺點是很難克服的。」

「照你這樣說那邊也不好。」我說。

「另外有個問題，假如你把臥室造在後面，那三千元一塊的客人就天天看你的太太了。」

「還有什麼地呢？」

「你所說的價格範圍內再也沒有了。」

「但是，景色並不能代表一切呀！」我說。

「沒有錯。」他承認。

「那上面有起伏的高地也許不錯。尤其假如造個兩層樓，可以從對街房子屋頂望過去。你剛才說過那邊靠街的地方規定只能造一層，而山的邊上才造三層。」

「沒有錯，你自己可以做一個比我更好的推銷員。可要簽張合同？」

「我們過去看看好嗎？」

蔡說：「可以呀。當然還有增值的問題。」

「那是什麼？」

「你付增值的款項就像付稅金一樣，你不太注意到。」

「這要付多少？」

「噢，算了。這就像稅金。」

「對增值的問題，多告訴我一點。」

「這個你必須去請教總公司。社區對這件事是乾乾淨淨的。」

「我還是不懂。」

「好，現在不談增值的問題。當然，以前有一段時間，老包也像其他人一樣，也搞這個名堂的。」

「到底是怎麼回事？」

「用增值來付地價。這是房地產生意的慣技。我們只能說大多數人都搞這種名堂。」

「我不懂。」

「多少懂一點法律嗎？」蔡問。

「我以前是個律師。」

他驚奇地看看我：「律師？」

我點點頭。

「發生什麼事了？」

「他們不准我幹了。」

「為什麼？」

「告訴了一個人怎麼可以謀殺另一個人而法律對你無可奈何。」

「有用嗎？」

「假如法官完全依照法律的話，是可以的。反正加州法院已經做過這項判決。當然自此之後法律有點改變了。」

「法律本來也是人定的。總有一天我會來請教一下你怎能做到的。」

「可以。」我說。

「我想我是在講增值的問題。既然你知道法律，一切就簡單了。一個公司買了一塊地，要使它變成新社區並使它增值要花不少力量。要開路，要挖排水溝道，要配水電，埋瓦斯管。於是要把一切地產設施抵押給財政單位。一旦接受銀行押款，就要付利息。」

「這有什麼不對呢？」

蔡說：「沒有不對。只是聰明人把一切工程包給熟人，開出了高出成本太多的價格。除了做工程的拿了部分合理的費用外，多餘的全部還給了地產公司。地產公司當初買地的成本已經回籠了。由於地產公司花了那麼多錢投資，借錢的單位反正有利息，所以公定這一地段地價應該現在是多少多少了。你現在買了地當然不斷要付增值稅了。」

「包先生不會這樣做吧？」

蔡說：「我不知道。希望他不會。」

「地還是不錯的。」我說。

「是嗎？」他說。

「遠眺很好。」

「可以。」

「空氣一定新鮮清爽的。沒有喧鬧，沒有污染。」

「太好了。」

「陽光充足。」

「你再說！」

「涼風習習。」

「一定。你買一塊玩玩吧。」

「不要。」

「我也認為你不會要的。我們回去吧。」

我們開車回到怪怪的辦事處停車場。蔡把車停住：「你是在玩什麼把戲？」

我向他笑一笑。

他說：「反正與我無關。親愛的老包最近太自鳴得意。他也變得一本正經。今天下午第三地段你還沒有看吧？」

「沒有。」

「第二地段我不太有把握，但第三地段絕對錯不了。還要再進去看那位華小姐嗎？」

「沒有什麼特別理由。」

「抱歉，生意做不成了。」

我們握手。我走回公司車。自我眼角我看到蔡拿出一支筆和一本記事本。我走回來到他車旁。

「那輛破東西，」我說，「車主姓名是柯白莎。你找電話本黃頁可以看到柯賴二氏合夥的公司。柯和我是合夥人，這輛車是公司車。」

「你們幹什麼的？」蔡問。

「我們自稱私家偵探。」

「對親愛的老包怎麼有興趣了？」

我笑笑：「誰知道，也許是針對華素素。」

「喔！」蔡說。

「當然，」我說，「也可能是你。」

蔡說：「滾吧，我要好好想一想。你這種人正是虛虛實實的典型。相信你說真話時，說得像個笑話，會笑著走開。而在說謊時卻說得像真的一樣。你注意到華素素的毛衣了？」

「沒有特別注意。」

他可惜地搖搖頭：「這個謊說得太離譜。你走吧，我要好好想想。」

我坐進公司車，自後視鏡向他看了一分鐘。他把華小姐給他已弄皺的二十元面額鈔票自口袋取出，在大腿上把它鋪鋪平。又拿出一大卷鈔票，他把二十元的鈔票往進一插，用一個橡皮筋把它捆緊。

我發動引擎，把車開走。

我到辦公室附近的旅社，找那個曾載我們那客戶的計程車司機。他記得他一早載的客人。是載到阿丹街二三〇〇號那一個街段。他說：「一棟大房子，殖民地時代的產物。」他記得有白的圓柱和拱門。

我塞了些鈔票給他，回到辦公室。白莎正準備出去午餐，站在鏡子前戴帽子。一個強壯得像開路機一樣的女人，想把她的人格完全表現在頭上。她把一頂小而整潔的帽子，放在合宜的部位，調整到合適的角度。蠻有點嬌羞狀的。

她說：「哈囉，唐諾，你一直在工作，是嗎？」

「嗯哼。」

「白莎就喜歡你這一點。唐諾。你精力充沛。有案子辦的時候，你的腳底不會長霉。找到什麼沒有，好人？」

我說：「你有沒有注意到菸盒上姓名的縮寫？」

「什麼縮寫？」

「ＨＣＬ。」

「那代表什麼？」

我說：「香菸盒上鑲金花體字是訂做的，她給我們的名字是包蓓思，和ＨＣＬ不合，我不喜歡這樣。」

「不喜歡什麼？」白莎問。

「欺騙。」

「為什麼？」

我說：「你看，有人來找我們，說包啟樂的太太會在咖啡裡給包啟樂下毒。你倒說說看，一個人的太太要在早餐桌上給她丈夫下毒，你怎麼保護他？靠站在屋子前面看守？一點用也沒有。」

「你說呢？」白莎說。

我說：「你一定要在裡面，也坐在早餐桌上。你一定要在他太太給他加糖時，一把攫住她的手，翻出砒霜來才行。」

「你有什麼好主意？唐諾。告訴白莎。」

我說：「第一，我們進不到屋子裡面去。第二，我們不可能坐在早餐桌上。第三，除非他發生肚子痛，我們不知道他太太給他的是砒霜還是真正的砂糖。」

「講下去。」

「但是，」我說，「假如有人想把磨細了的玻璃放進姓包的咖啡裡。他派了個人到我們這裡來說包太太有意要除去她先生。當我們東忙西忙的時候，姓包的肚子一痛去見他的閻王了。我們把故事講出來。說我們收了定金在保護他。我們將面對二件醜事。第一是我們在引導偵查方向指向他太太。第二是我們的工作真菜。」

「怎麼辦呢？好人。」白莎咕噥地說。

「我不喜歡。那個菸匣說那個女郎不是個真貨。」

白莎生氣地走回她辦公桌後，從皮包中拿出支鑰匙，把放現鈔的抽屜鎖打開，一下把抽屜拉開，把那卷十元鈔票拿出來，在我面前一揚：「這玩意說，她是我們的顧客。」

她把鈔票抛回抽屜，把抽屜關上，鎖好，走出辦公室去用午餐。

第三章 鯷魚醬的滋味

我打電話找了兩個專替不同偵探社做零工的人，請他們跟蹤包太太，一位白天，一位夜班。倒不是怕她會到藥房去買毒鼠藥，說是貯藏室裡發現隻老鼠。只是我不想錯過任何線索，還要以防萬一。

我吃了午餐，特意去了一家大一點的食品店。

我仔細地在店裡找尋。看到一匣才開的紙箱，裡面裝了二十四管一管管的鯷魚醬。這是我從未見過的一種廠牌，我把整箱都買了下來。

開車到阿丹街二三二九號包啟樂的住宅，把車停妥，走上台階，按他家門鈴。一位男管家來應門。二十六歲左右，相當好看，制服穿在他身上好像第一次上身一樣小心。

「你是管家？」我一面問一面看他表情。

「管家兼司機。」他說：「你要見什麼人？」

我給他一個笑臉，說，「我代表『擠擠醬公司』，我們在找社交界裡有名望的女主人——可以代表一般美國高級家庭主婦的人。我們要做一點宣傳——」

「包太太絕對不會有興趣的。」他說完準備關門。

我說：「你尚未瞭解內情，我不是來推銷任何東西的。我來請包太太做個樣子，照張相，這張相片會在全國各大雜誌上出現，標題是『社交婦女都用擠擠醬處理開胃小點』。我姓賴，是廣告部主管。」

管家有點猶豫，他說：「我不認為——」

我打斷他的話說：「你要代她回絕一個照片出現在全國人雜誌的機會，她要是知道了你只好回小飯館去當跑堂。把我講的告訴她，看她怎麼說。」

他的臉紅了，想說什麼，又停下來，說：「你等一下。」把門在我鼻子前關上。

五分鐘後，他回來說：「包太太可以見你。」他的表情冷漠，嚴肅，一副他對這件事完全不以為然的味道。看得出本來他希望包太太拒絕，他可以把我趕走，而現在他必須接待我。

他引導我經過接待門廳來到起居室。包太太很正式地隨後進來。我估計她三十一歲，但猛一看要年輕得多。

她說：「你是賴先生。請坐。我是包太太。請問你有什麼事？」

她很親切，也沒有做作。我知道，她可以禮貌和藹待人，也可以立即下逐客令，她要看我帽子裡變什麼出來。

她在一把椅子上坐下，雙腿併攏，裙子在膝蓋之下，臉上微笑而正式。

我把鯷魚醬匣子打開。我說：「我們在設計一個全國性的廣告活動。幾週後我們將全部展開。那時全國的電視、電影、雜誌，都會一起推出。

「擠擠醬是最好吃，最方便，往任何餅乾、小餅上一擠就可以吃的鯷魚醬。完全由進口鯷魚製造。你一試就知比同類產品優良。這一匣試用品是免費送給你的。我希望你試用一下。如果你喜歡而願意經常使用，也許你會允許我們給你拍張宣傳照。」

「宣傳照怎麼處理？」

我說：「原則上宣傳照只在國內最大的幾家雜誌上刊登。標題可能是『年輕一代的領頭人物都用擠擠醬』，或諸如此類。反應良好才拍動態的電視廣告。」

說完我就靜靜地坐著，等候效果透進她的心裡去。我看到「年輕一代」的形容已進入她心田的深處。

她在椅子上扭了一下，把雙腿交叉，臉上愉快地笑著。把腿交叉起來不是偶發的，她是要我看到她有什麼入照的本錢。

很有本錢。

「當然，」我輕鬆地繼續說，「我們絕不會增加你任何負擔。這些擠擠醬是給你當試用品的，看看你喜不喜歡。喜歡就用。有的產品喜歡用真正的名人做廣告，我們覺得這是諂上傲下的勢利做法。我們決心不選有錢有勢，但是要選有獨立的人格，高尚的社交生活，年輕的活力，和對社會大眾有影響力的人。」

「你們怎麼找上我的？」

我笑道：「不要問我。去問總公司。他們為了這次宣傳攻勢曾花了不少時間調查和準備。總公司說他們要找能在照片上站得出去的女人。他們要找能立即吸引讀者的女人。他們當然不會找個貧血、有甲狀腺腫的女人。我們要的是真實、活潑、生動、有領導潮流作用的。」

她稍稍移動一下大腿：「你們認為我合格？」

我把眼光向下看，又立即上移。

「我認為你合格，當然主要是總公司認為合格。」

「不過，這件事我一定要先和我先生討論一下。但是我看——我當然，我喜歡這種鯷魚醬。我也不會介紹我不喜歡的——」

「當然，我知道你不會，所以我把這箱擠擠醬留下，你有機會可以試吃一下。」

她傾身按了一個鈕，她說：「假如你不介意，我想請我的秘書進來。我要這件事彼此之間沒有誤會。」

「不會有誤會的。」

她靠向椅背，雙目半閉，長長的睫毛有安靜的神秘感。

「我認為，」她說，「這一切是你的意見。」

「我不懂你指什麼?」

「我想是你想出來的宣傳手法。非常聰明,很有天才。是一個宣傳新產品的活方法。我覺得合乎你的個性。」

我很謙虛地說:「我只是向總公司做了一點建議而已。」

「請一個有個性的人來——你怎麼說來著?打動看到廣告人的心。」

她高興地笑出聲音來。

門打開。早上曾出現在白莎辦公室的女郎走進來。包太太介紹說:「韓佳洛小姐,我的秘書。佳洛,這位是賴先生。」

女郎凍僵似的站在那裡一秒鐘,我立即站起來,鞠躬,說道:「真高興能見到你。」她反應很快,立即恢復正常,冷冷說道:「你好,賴先生。」

包太太一面微笑一面說道:「賴先生代表一家高水準的鯷魚醬公司,推銷很出名的擠擠醬。他送了一箱樣品,希望我們試用。假如我喜歡的話,他希望用我的照片做廣告介紹給別人都來用。大概是用酒會來做背景吧,賴先生是嗎?」

我說:「那就更完美了。用擠了擠擠醬的小茶點招待你親切的朋友。」

她點點頭:「這是絕對可以安排的。」

她瞥了她秘書一眼,把眉頭一蹙又立即把眉毛抬起,好像想把我們排開她視線,以便獨處。

她問：「照片要什麼時候拍，賴先生？」

「當然，首先要看你是否喜歡擠擠醬的味道。你準備什麼時候試，要多久才能決定你喜歡它？」

她向她秘書點點頭。韓佳洛按了叫人鈕。駕駛兼管家出現在門口：「包太太，是你按鈴？」

她看他一下，用一半有興趣，一半無所謂的語調說：「是的，偉蒙，把這些擠擠醬拿進去。擠一點在昨天我們用的那種餅乾上，給我們準備點雞尾酒，一起拿出來。賴先生，你用點什麼酒？」

「用什麼都可以。」我答。

包太太說：「給我馬丁尼，偉蒙。佳洛她不喝酒。」

「是的，很好，包太太。」

偉蒙把背挺得直直地走出門去。

我問：「偉蒙姓什麼呀？我好像在哪裡見過他。」

包太太說：「姓馬。他既是管家也是司機。當管家嘛，他一點經驗也沒有。但是開車技術高明。都市交通越來越糟，我都幾乎不會自己開車了。」

我點點頭。

「另外，」包太太又繼續說，「我總想幫助別人爬起來。很多年輕人都沒有機會自立。再訓練三個月偉蒙可以成為一個好管家。他也許不喜歡管家的工作，但是個好司機。」

我又點點頭。

突然包太太說：「對不起，賴先生，我失陪一下。」

我立即站起來，看著她離開。

韓佳洛低聲而生氣地說：「這是什麼鬼把戲？」

「為什麼對我們說謊，你是什麼人？」我問。

她向我怒視著。

我笑笑說：「佳洛，不要擔心。我在給她帶一副心理手銬。」

「佳洛不是你叫的。我是韓小姐。」

「可以，可以。偉蒙除了管家和司機外，還有什麼專長嗎？」

她負氣地把下巴向上翹起，不回答我的問話。

我說：「假如你不再要我們工作，對我無所謂。」

「當然我要你們工作。不然為什麼我把鈔票白白送出去？但是你知不知道這有多危險。」

「不知道。」

「告訴你——」

她沒能講出，包太太已走回起居室。她說：「賴先生，雞尾酒馬上就來。」

我說：「你先生做房地產生意？」

「是的。」

「據說是在主持一個新社區的開發？」

「你好像對我的背景滿清楚的。」

我說：「背景對任何照片都太重要了。不過我們公司有興趣的只是你。我們對你先生只是背景調查而已。」

她笑著說：「你很會講話，賴先生。」

「謝謝你。」

「有一點要再強調一下，我這一方沒有義務。而且所照的照片一定要我認可，才能刊登，對不對？」

「大致說來是對的。」

「還有什麼地方不對呢？」

我說：「除非你認可，我們不會來拍照。一旦你認可，拍下來的照片就屬於我們公司的。」

「我想這是可以的。」

馬偉蒙管家把雞尾酒和小點心拿進來。包太太拿起一塊餅乾，試驗性地咬了一口。用嘴做出鑒別鯷魚醬味道的樣子。幾乎立即做出這是世界上最好口味的表情。

「嗯，不錯。很好吃。」她說。

我對她微笑著。

她舉起酒杯，自酒杯的上緣向我敬酒。眼神是美麗，高雅，有點調皮，有點像剛才她看偉蒙的眼色。大概這是她向欣賞她的男士一貫的眼神。

偉蒙仍是直挺挺地站在那裡沒有稍息的樣子。

韓佳洛仍在生氣。

包太太和我喝著雞尾酒。閒聊著，各人吃了四、五塊擠上了鯷魚醬的餅乾。

「這個醬還好吧？」我問。

她說：「非常好。我想這是非常高級的鯷魚醬。當然在做最後決定前，我要問問我丈夫。」

「當然，當然，應該的。」

「但是我想我丈夫一定會同意的。」

她向我笑笑。

我也向她笑笑，儘可能使她瞭解我腦中是在想，像她這樣漂亮的太太，和任何男人打交道都是不會被拒絕的。

「假如我先生同意的話，」她問，「你最快什麼時候可以進行呢？」

「幾乎立即。」

「會耽誤很久嗎？」

「不會，一切都會很快的。」

「拍照不會花很多時間？」

「事先五、六天通知即可，我要和總部聯絡，還要找個好的攝影師。」

「照片總要幾個月之後才會刊出來吧？」

「幾個禮拜。」

「有意思。」她高興地說。又輕鬆地笑道：「當然，那麼多天誰也不知會有什麼改變。也許我已不住在這個城裡了。也許——」

我笑著說：「我們只要你的照片和同意書。假如你不介意我說句老實話，你很有藝術性的美感。從合適的角度照一張照片可以給讀者很大的震撼。這正是我們公司所期望的。」

「我想這一切都是可以安排的。我會和我先生談談。我怎樣才能和你聯絡？」

我說：「我很少在辦公室，還是我找你比較容易。也許明天早上？」

「也好，請在十時半給我電話。假如那時我還沒有起來，我秘書佳洛會轉告你一切的。」

她的語氣已經暗示要送客了。所以我站起來，向門口走去。

管家兼司機把我的帽子交給我。我等著他給我打開大門。我感到他身上散發著敵意，有如火爐射出熱量。

「再見。」我說。

「再見，先生。」

我想像中門會砰然關上。但是他像小偷一樣把門輕輕地帶上。

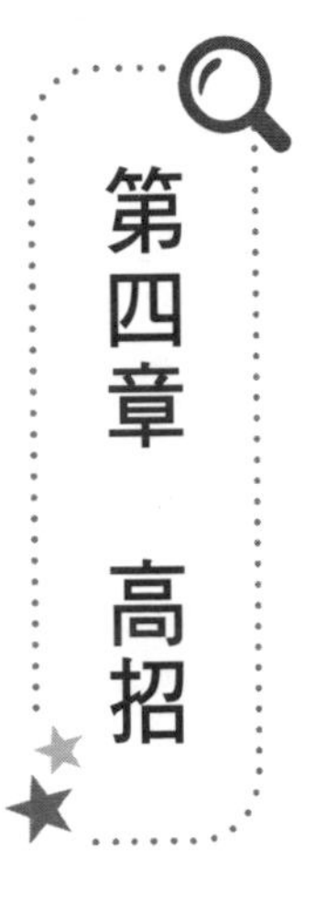

第四章　高招

我爬進公司車沿阿丹街慢慢開著。在第一條橫路口，我把車靠向路側，停車，自後視鏡向後面望看。

我看到一輛車自阿丹街快速開過來。我把車慢慢沿右線前進。

我後面的車眼看要經過了，我聽到突然的煞車磨得輪胎和路面吱吱叫聲。又有一陣不耐煩的喇叭聲。

我向車窗外看，裝出非常驚奇的樣子。

韓佳洛在一輛雪佛蘭車的駕駛座上。她還在生氣。她把車在我的車前停妥。走出車來，往回走，高跟鞋在水泥路面上咯咯地響。

「哈囉，」我說，「駕車出遊呀！」

她說：「你叫人作嘔，這樣一個笨主意，這種荒謬的做法有什麼用呢？」

「你請我們保護包啟樂，使他不受毒害，是不是？」我問。

「當然。我目的是如此，這也是我唯一的期望。你那一套鯷魚醬呀，照片呀！算個什麼東西，萬一她同意照相又怎麼辦？」

「我就給她照相。」

「你管閒事已經管過了。也找到我是什麼人了。你闖出紕漏來了。」

「什麼紕漏？知道你是什麼人？」

「因為我想置身事外。」

我拿出一包紙菸，送到她面前說：「來一支？」

「不要，我生氣還來不及。」

我說：「不要站在路面上，別人以為我們在談價錢呢。到車裡來。我們可以想點好辦法出來。」

我打開車門，她猶豫一下，進車來坐在我身邊。

「腿很好看。」我說。

她向我怒視著。

我說：「關於你是什麼人，佳洛。我早上第一眼看到你的菸匣就知道你不是包蓓思。」

「叫我韓小姐。」她說。

「至於預防包啟樂不受毒害，我已經做了一件聰明事了。」

「我高興你有此想法。」

我說：「佳洛，你的困難是——」

「叫韓小姐！」她說。

「——你想在我們前面要噱頭。你以為你假裝包蓓思，你要這樣，要那樣，我們永不會懷疑你真正的身分。你以為我們很笨。」

她叫喊道：「以為？何止以為！我知道你很笨。」

我說：「我們從另一角度來看這件事。我們假設包太太姮芬決定放點玻璃渣在她先生的生菜沙拉裡。你到我們公司，希望能阻止她。我們怎樣阻止法？手裡拿隻篩子站在桌子旁邊，還是躲在廚房裡天天數玻璃窗有沒有破？」

「不要吹毛求疵。」

「我只是告訴你辦案的困難。」

她說：「我不管你怎麼辦案。要是我知道怎樣辦，我又何必把我辛苦所得交給你們來辦案呢！」

「你的薪水有多少？」

「不關你的事。」

「真的是你辛苦所得，自掏腰包，不是別人賺來的錢？」

「什麼意思？」

「我只是問一問。」

「少問問題，多做自己的事。」

「我認為的確是辛苦所得，」我說，「你替包太太工作一定不很愉快。她對時間好像很認真。」

「這倒是真的，她——」

「說下去呀！」我說。

「沒什麼。」

我說：「對一個工作女郎來說，付我們那麼些錢是很大一筆了。別人付你多少，佳洛？」

「我要打你耳光了。」

「不要想動手，對你沒有好處，別人付你多少？」

「不關你的事。」

我說：「工作女郎付出兩百五十元來不容易。尤其是為了老闆的丈夫的飲食安全付那麼大一筆錢，更屬奇怪。」

「你在暗示什麼？」

「我沒有暗示什麼，佳洛，我在陳述事實。」

「你對你自己陳述就可以了。」

「任何時間你想面對現實，我就說給你聽。」

「我現在聽好了。」

「你還沒能面對現實。」

「照你這樣想法，我永遠不可能面對現實。」

我很快地把香菸吸吐著。

「你講呀。」她說。

「好，佳洛。你要我們去做一件不可能完成的事。你要我們不使包妲芬在她丈夫包啟樂食物中放毒藥。這是不可能辦成的工作。已說過你不可能守著包啟樂先嘗過他吃的每樣東西，你也不可能跟著他太太到廚房去看她有沒有在橘子汁中加砒霜。我們一定要另外想一個高招。」

「為什麼不快點想個高招出來？」

「想好了。」

「有高招為什麼不使出來？」

「已經使出來了。佳洛，你想想。像妲芬這類自負貌美的女人，一定特別重視她的形象、地位和虛名。她——」

她打斷我的話說：「這還用你說，誰不知道！」

我說：「我突然闖進她的生活中，告訴她有個機會可以把她的照片登到全國各大雜誌上去。我甚至還沒有告訴她照片有多大，或是我們向雜誌買多大一個版面登廣告。

她立即自以為她會在生活雜誌整頁上微笑著在擠一管擠擠醬到餅乾上去。你要瞭解，真正打動她心的是我說照片下面會註釋這是今日年輕一代的領袖人物。」

「你真聰明。」她冷冷地，不感興趣地諷言著。

「她落進了我設計的圈套，」我不理她的諷刺，繼續說下去，「由於她相信了這個圈套，她面臨了一些新的情況，不知你有沒有注意到，她一面在和我講話，一面不斷在研究這些即將面臨的情況。」

「什麼情況？」

「最先說到，她真希望我能早日實現我說的一切。她希望照片早日出現，全國以她為年輕一代的代表。」

「什麼人用你的方法去向她說，她都會相信。」

「問題不是去向她推銷這個概念，而是什麼人想得出這個方法才是高招。」

「高什麼招？」

「一位太太馬上要變成全國知名人士，絕不允許自己丈夫出什麼事。對嗎？」

「為什麼？」

「因為，假如在這段時間之內她丈夫死了，她在守喪期，她帶孝，就不能開派對請朋友吃擠擠醬和小餅乾，她無法照相，就什麼也沒有了。」

她不吭聲，咬著下唇，想著。

很快。

我一直是半側著和她說話，所以也不斷看著後視鏡。一輛車在接近。我看它速度

我對佳洛說：「懂了沒有，佳洛。這就叫高招。」

「閉嘴，讓我想一想。」

我閉嘴，讓她去想。

正當那輛車經過我們車旁的時候，她突然回頭看我。我聽到她急促地吸了一口氣。

包太太妲芬坐在一輛大「寶客」的後座。車子又快又平穩地經過我們車旁。馬偉蒙司機在開車。

佳洛說：「老天！你想他們有沒有見到我們？」

「她看到了我們，」我說，「但不見得認出是我們。」

她說：「不一定。她太聰明了。我也太粗心了。就在離家不遠停下來和你說話。」

我聘請來跟蹤包太太的偵探用一輛老福特，不起眼地通過我們。假如他看到我的話，他一點表示也沒有。

我坐在那裡，看那兩輛車在視線中消失。路上車輛太少，使我請的人跟蹤而不被發現十分困難。我覺得他已做得相當好了。

韓佳洛也看到了後面那輛車，她懂了，她問：「你派人在跟蹤她？」

「當然，為什麼不？」

「為什麼呢？能得到什麼呢？」

「我想知道她男朋友是誰？」

「她沒有男朋友。」

我說：「別傻啦，沒有男朋友，就不會謀殺親夫。」

「我告訴你，她沒有男朋友。」

「我告訴你，她有。」

「我比你清楚。」

「那下毒是怎麼回事？貪圖保險金？」

「我——我不知道。」

「他們夫婦有磨擦嗎？」

「不能算磨擦，只是常有的事。為些小事不愉快，也許一次口角，彼此尚能自制。不過家裡常有點緊張。啟樂有點在家中待不住的樣子。」

「誰是他的女朋友？」

「他沒有女朋友。」

我說：「你的故事也真怪。妲芬要毒害她親夫。不是有怨恨有磨擦的丈夫，她願意冒一級謀殺罪來除掉他？到底為什麼呢？再看包啟樂，很漂亮的傢伙，好看的鬈髮，好萊塢式的短髫子。有個穿套頭毛衣短裙的女秘書——」

「老天，」她叫道，「你以為她有什麼關連？給你這麼一說，有可能。你認為華素素是——」

我只坐著看著她。

「怎麼樣？」她問。

我說：「我認為你有點表演過火，很吃驚的樣子，又突然瞭解。表演得不錯，只是過火了一點。」

她生氣地怒目看我，然後突然目光軟下來，笑出聲來。

「怎麼啦？」

「算你贏了。唐諾。」她說，「我本來不想讓你知道的。是華素素，我不知道包太太知不知道。」

「這才像話，」我說，「我要辦事，一定要清楚內情。」

「我現在想要支菸。」她說。

我遞支菸給她，也為她點著了。她深吸一口，用快而自然的動作把自己身軀移動一下，把她左大腿移上了汽車坐墊。

「腿很好看。」我又說一遍。

她說：「不要老想到這個。」意思意思地把裙子拉了一拉。

「講吧，」我說，「你正在說華素素。」

她說：「我不喜歡背後說人，我什麼也不知道，只是臆測而已。」

「好，你臆測到什麼？」

她說：「包先生受華素素魅力的迷惑——我相信只是迷惑。他本來就是很會玩的。妲芬假裝什麼也不知道。在他前面她決不提華素素。」

我說：「看來是處理事情很理智的辦法。」

「為什麼？」

「坐在幕後，等著有力證據的出現。把他每一毛錢都用法律方法來擠乾。這種方法每天都有女人在使用。用毒的方法不合理。妲芬是聰明人。」

「我也說她聰明，聰明而且殘忍。」

「有多少財產？」

「我不知道會有多少。我只知道二、三年之前包先生涉及一件生意糾紛，可能面對一筆巨大的債務或是需要付出大筆的錢，他把所有的財產都轉入他太太包妲芬的名下。當時據知有一份文件證明這些財產轉入她名下純因方便之原因，所以他隨時都可以取回。但是——」

「他是不是現在想要回來了？」

「我想是的。」

「她不肯？」

「她認為她需要點保障。」

「我仍見不到下毒的原因。」

她說：「我已把知道的都告訴你了。」

「我看還沒有。偉蒙是怎麼回事？」

「司機？」

「也是管家。」

「他只是個男孩子，很好的男孩子。」

「你的朋友？」

「你怎麼會這樣想？」

「是不是？」

「不是。」

「何必拖延時間來說不呢？」

「倒也沒有故意。」

「是不是妲芬的男朋友？」

「別傻了。」

「是不是？」

「不是。」

「你想假如他願意，她會不會喜歡？」

「會。」

「這才像話。」

「也只不過是猜測，依據一點小小的資料——」

「據偉蒙告訴你的資料。」

「是的。」

我說：「好，依據我的預測，在這些照片還沒有刊出之前，她會做個好太太的。雖然只是個猜測，但是我至少盡了我的力了。我還會抱定我要照相的說法。同時再收集點資料研究如何繼續進行。」

「照相的事可以拖多少時間？」

「看情況，看她反應，看我們得到什麼資料。一、二個星期沒問題，甚至三、四個星期。」

「我看——我對你估計錯誤了。你是有點腦筋的。」

「不要傻。這只是常規工作。我不能進屋子去監視她。我只好用心理手銬去把她下毒的企圖銬住。現在，我想知道他小舅子，蔡凱爾。」

「蔡凱爾！」

「是的，告訴我他的一切。」

「他是包麗泰的弟弟，麗泰是包先生第一個太太。她三年前死了。」

「我想包先生守了一年喪，又再結婚了。」

「六個月。」

「蔡凱爾如何？」

「對他我知道不多。據我知道有一度做得很成功。而後他對賽馬有了癮——此外他還是個間歇酒鬼。他會一度好好工作，一度又脫底。脫底時他會去找包先生，但他從不來大房子。妲芬不喜歡他。」

「他有沒有啟樂的什麼把柄？」

「我不知道，我也懷疑過。」

「啟樂每次都滿足他？」

「我想是的。」

「華素素不喜歡他？」

「我想是的。我不知道。」

「你不知道的滿多。」

「你問得滿多。」

「蔡凱爾對妲芬怎樣？」

「恨她。」

「為什麼？」

她想說什麼，又改變原意。

我說：「你想說麗泰死亡之前，妲芬就混在裡面攪和。」

「是的。」

「包麗泰又是怎麼死的？」

「她就是死了。」

「總有個原因。」

「我不知道，好像是死於併發症，起因於嚴重的——我不知道。」

「是急病？」

「是的。」

「那時候你不是為包太太工作？」

「沒有，我替包家工作才六個月。」

「包麗泰是不是中毒死的？」

「你怎麼會這樣想?!」

「我只是這樣問。」

「她是自然死亡。有一個——她有個醫生。也有死亡證明書。」

「所以蔡凱爾恨妲芬。」

「我想他恨她，他——我想他姐姐生前知道妲芬這件事——我想麗泰會對凱爾說起。」

「你假如一開始就說明這些，就可以省了不少併發症。」

「我怕你們會出賣我——你看，有人要是知道我去找你們，為了——」

「真的有一位包蓓思，侄女兒？」

「是的。」

「什麼樣子？」

「好得很，是個藝術家。」

「她知道你來看我們？」

「是的，我告訴她我要用一下她的名字。她人很好。」

「假如我去看她呢？」

「你見不到她。她不會見你。我們都安排好了的。」

我把前因後果想了一下，又說：「佳洛，我們不能老坐在火爐蓋上，這個廣告照片熱潮一過，我們也沒戲可唱了。」

「我知道。我只要——我想這幾天是最危險的時期。」

「你和我們商談時，你是說一個星期。」

她點點頭。

我說：「我這個心理手銬最多管用十天到兩個星期，但是再也不會比這更有用。」

她又點點頭。

「你懂嗎？」

「懂。」

「而你自己好像在等候什麼事發生——一個星期之內？」

「我認為——我想一個星期後一切會變好。」

我說：「好，回你的車，我還有事要做。」

她說：「我向你道歉。」

「為什麼？」

「為我自己對你的態度。我以為你把事情弄糟了。我沒想到你想得這麼周到，安排得也妙。是個不會失靈的妙計。」

「每件事你都稱心了？」

「每件事都稱心了，唐諾。謝謝你。」

她重重按一下我的手，離開我車子，給我一個微笑，急急向前走，坐進自己的車，開走。

第五章 刻意製造的車禍

我回到辦公室時，白莎正在桌上為打好字的信簽名。

她說：「哈囉，唐諾，好人。你一直在工作，是嗎？」

我點點頭。

她把信件交給她的秘書說：「把這些折好，注意不要放錯了信封。每封信要貼對郵票。下午之前都要寄出去，知道嗎？」

「是的，柯太太。」

白莎點點頭，給了個滿意的笑容，看她秘書離開後，轉向了我。

我說：「你認為要寄出去的信她不知道怎麼處理嗎？」

「她現在知道了。」白莎輕快俐落地說。

「我看你每次交信給她都要囑咐一番。」

白莎說：「你真的一定要一次一次交代她們。我不知道現在的秘書水準為什麼如此低下。這些女孩子心不在焉，老在想自己的事，只是在混點薪水而已。稍稍對她們批評幾句，她們掉轉屁股就走，氣死你活該。介紹所再推薦來的還不是一路貨！你趕走的那個又到別的辦公室去氣別人。可惡的傢伙，就像已經當選了的政客一樣。」

我說：「這是老定則，叫做供求定則。」

「你在說什麼呀，唐諾？目前的人只有求。根本沒有供。你出去做什麼了。好人？」

「包家的案子。」

「找到什麼了？」

「我們的客戶不是包蓓思，她是韓佳洛——包太太包妲芬的秘書。」

「她為什麼要騙我們呢？」

「原因可能猜得到的有半打以上。」

「說一個聽聽。」

「她不喜歡她的老闆包太太。」

白莎急急地說道：「誰又喜歡老闆來著。看看我新用的秘書。老天，她只值我付她一半的錢。我打賭她拿我的錢還恨我。」

我什麼也沒說。

「好，她恨包妲芬，和這件事又有什麼關連？」

我說：「有一個可能，包啟樂自己怕有人會毒他，所以派了他太太的秘書來我們這裡，請我們保護他。」

白莎說：「嗯，有可能。但是他為什麼不自己來呢？」

「他可能是一個商場能手。」

「怎麼說？」

我說：「明顯的，他很精明，在房地產上賺了不少錢。」

「又如何？」

「我們向他收費，一定要比——」

白莎立即懂得我的意思。白莎兩眼瞪得大大地叫道：「他奶奶的！這個該死的，你認為——」

「只是可能性之一而已。」

白莎說：「你這個猜想我贊成。還有其他的呢？」

我說：「假如想對包先生下毒的另有其人，想要把嫌疑轉移給包太太。請我們不要讓包太太毒害包先生，等於先入為主地給她加罪。萬一事發，警察會追問我們在辦什麼案子。知道我們在預防包太太毒害包先生。警察當然首先把重點放在包太太身上。」

白莎說：「照這個解釋。假如包先生不中毒，掏錢請我們的人就白投資了。」

「我就是要告訴你這一點。」

白莎把她的辦公椅當成搖椅，前後搖著，椅子勉力承受她體重吱咯地呻吟著。突然她坐直全神貫注。

她清楚地說：「唐諾，親愛的，好人。你看清楚了嗎？」

「什麼？」

「兩個可能都指出那個來找我們的女孩——叫什麼來著？韓佳洛？」

我點點頭。

「那娃兒在動我們的腦筋。根本不是她花的錢，是別人在幕後出錢。」

我說：「我做過各種分析，結果都是如此的。」

「說說看。」

「首先我就不相信是她的錢。這筆錢數目太大了。假如你是替別人工作，月薪一百五十元，或即使是兩百元，而你認為老闆要毒死她丈夫，你會做什麼？」

「我什麼也不做，」白莎說，「真正發生了的話，我會告訴警察。也許我會一生氣，辭職不幹，告訴她丈夫。還有一個方法，我會先去告訴警察。」

「標準答案，但是你不會跑去找私家偵探社，從私房錢中拿出兩百五十元，要求保護你老闆的丈夫。」

「除非我在愛他。」

「假如你愛他，你會向他去告密。你也不會去找私家偵探。無論如何，佳洛說包啟樂正在和他秘書華素素鬧戀愛。」

「亂七八糟，」白莎說，「真是他奶奶的！」

「你想知道我做了些什麼嗎？」我問。

白莎說：「不要，不要。你管本社的業務部門。我管經費部門。目前白莎正在研究怎樣能叫這個假道學的雙面嬌娃再吐點鈔票出來。」

我說：「這可能不太容易。我想她不會就範的，到底你已經和她有了約定了。」

白莎氣呼呼地說：「容易？你對鈔票懂得什麼？鈔票到你身上，你就像一隻才從水裡爬起來的狗，搖呀搖的非把它甩掉不可。換你，你從西瓜裡也榨不出汁來。我的本領就是從大蒜裡弄出血來。你給我滾出去，讓白莎好好想想。」

我回到自己辦公室，把這件事當故事告訴卜愛茜，坐下來等候對包太太的報告。

我請來跟蹤包太太的偵探到五點鐘才有報告回來。他說他可能已發現了一點有用的線索，他的班已有人接替，問我要不要在電話中報告。

我請他到辦公室來。

他答應十分鐘內趕到。

他準時到達，我給他一把椅子。他看來相當自得。

「好，」我說，「她去哪裡了？」

「駕駛停在白基大廈前面，她離車走進去，我就停在消防栓前面。想來即使受罰也值得。我設法和她同一電梯上樓，她腦中有事在煩惱所以什麼也沒注意，一看就知她決心去一個地方，而且急於去那裡。」

「她會不會是做作，也許她已經看出你在——」

他搖頭強調地說：「我見過這種人，多半不會演戲，只會從眼角看你或停下來確定你是否還跟在左右。她一點也沒有疑心。真的不可能做作到如此高明。」

「也許這個女人可能。」

「也許，」他說，「但是我並不這樣認為。」

「好，她做什麼？」

「直接去看她的牙醫生。」

「她的牙醫生？」

他點點頭。

「什麼人？」

「桂喬治醫生。」

「地址？」

「白基大廈六九五室。」

「之後如何？」

「我剛好有顆牙齒有點問題需要看牙醫。我認為我可以闖進去自己見見這位牙醫生。」

「那相當危險呀！」

「一般說來是的。但是這個女人心神已完全被腦中之事佔據，有點像在夢遊。」

「說下去。」我懷疑地說。

「於是，她走進桂醫生的辦公室，我跟了進去。當辦公室的護士一看到她，我就知道兩個女人之間有強烈的敵意。那包太太並沒有坐下等候。她只是高傲地站在那裡向護士點了一下頭。那時，有一個病人坐在那裡，好像已經不太耐煩。他開口問護士是不是有人要插隊。護士笑著說這女人需要特別治療。那病人生起氣來，說他約好的時間，而已經有兩個人比他先進去了。所以護士請包太太坐下等一下，包太太不肯坐下。她要護士告訴桂醫生她來了。看起來好像她是這裡的老闆。護士進去，我們可以聽到裡面有辯論聲。護士出來告訴包太太可以進去。護士嘴唇閉得很緊，眼睛在冒火。」

「另外那病人呢？」

「他站起來走了。」

「包太太在裡面待了多久？」

「大概十分鐘。」

「她進去之後，有別的病人出來嗎？」

「什麼意思？」

我說：「本來一定有個病人在治療椅上。她進去，那個病人怎麼辦呢？」

「我不知道，我想包太太可能進了他的檢驗室了。我也沒在辦公室等候。」

「你做什麼去了？」

「我下樓，在我車中等，讓引擎不熄火。包太太出來時，我又跟蹤她。」

「消防設備前停車，被開單子了嗎？」

「沒有，我在大廈裡不到五分鐘。而後，下樓等，一共只有二十多分鐘。」

「之後呢？」

「她去買東西。我一度沒有跟她。她要司機讓她在一個商店門口下車，告訴他什麼時候回來。我只好跟定司機和車子，等司機接她時再跟蹤她。司機終於找到了一個停車位置。我在附近找不到，就只好沿著方塊兜圈子。第三次兜圈子時那車子不見了。我就近逛了兩圈也見不到他們。我急忙趕到阿丹街口。十分鐘後她也回家了，帶了不少大包小包，司機替她拿進去，我覺得他有點生氣。至少表示生氣的樣子。

「我的接替人五點鐘來替我。我就打電話給你。我認為你會要知道牙科醫生的事。」

「知道桂醫生護士的姓名嗎？」

「包太太稱她為露絲。」

「形容一下。」

他說：「穿了護士制服看起來都差不多，除非是特別出色。但是她，紅頭髮，大概二十七歲，眼睛很靈活，有幾點雀斑，我覺得她像是敢愛敢恨，完全看你如何對付她。」

「或者她如何對付你。」我說。

他點點頭。

「多高？」

「中等的身材，白鞋，白襪。我覺得她曲線很好。」

「鼻尖如何，向上還是向下？」

「直的。」

我看看我的錶說：「還有一點可能機會。」我從電話簿找到桂醫生辦公室電話，撥過去。

有一陣子我以為沒有人會接聽。而後一個女人聲音：「桂醫生辦公室。」

我說：「對不起，你們不認識我——我從未到過你們診所，但是我想約個時間，我有個牙齒需要診治一下。」

「請你明天再打電話來，」她說，「桂醫生不在這裡，他回家了。」

「你是他的護士嗎？」

「是的。」

「你能給我定個時間嗎？」

「我要問桂醫生才行。」

「對不起，」我求她，「你還會在辦公室待多久？」

她確定地說：「不會超過十分鐘。而且和我說也沒有用。我無權決定病人看病時間。」

「桂醫生今晚還會不會回來？」

「絕對不可能。請明天再來電話，再見。」

她把電話掛上。

我看看那位偵探說：「她還要在辦公室待十分鐘。已過了五點十分。醫生今晚也不會再去了。她不肯辦預約。你想會不會她不幹了，辭職了，在整理她的東西？」

「或者她被炒魷魚了，被解僱了呢？」

「好，」我告訴他，「你看住包太太直到我告訴你停止。有機會就用電話報告，我若不在，請我秘書記下就可以。每天下班經過這裡再回去。」

他離開時我和他一起出去，我爬上公司車開到白基地大廈。把車停在出入口的對面，也只是碰碰運氣。

在這個時候大廈幾乎是無人進出，最多有幾位迫不得已的加班人而已。

我把車停在消防栓前，人坐在駕駛座上，引擎沒有熄火，兩眼注視著出入口，心中想著，帶了不少東西的女郎可能會接受一個陌生人帶一段路，假如這個陌生人用的技巧比一般人高明一點的話。這種機會當然不大，但是我目前也是無事可做。對我而言，浪費的只是幾分鐘的時間和一公升的汽油。

她出來了，瘦高的紅髮女郎，手中拿了一個快要撐破了的旅行袋和一個用報紙包的包裹。

我衡量著距離，心裡想：把車門打開，一個突然迴轉衝向對面人行道邊，車門自然會大開，打到她的旅行袋，東西散一地，向她道歉，幫她把東西一件件拾起來，請求她准許我送她回家……

我再對她仔細看看，不成。這一招不會有用。她走路的方式看起來不是在找計程車。袋子太大，也太鼓。她拿的方式，走的方式——

我坐著不動。

她走進大廈邊上的停車場。

我冒一個險，沿著街道做了四次相同方向的拐彎，在看得到車場出口的地方把車慢下來徐徐前進。

她出來，開了一輛比我們這輛公司老爺車更為破舊的車子。只差古董商會不會有興趣而已。

她向西行。對我有利，順路跟上，不致引起注意。

我不知要跟她多遠，所以不敢冒險跟得太近。有一點我可以相當確定，假如她的公寓不太遠，她一定寧願搭公車上下班，也不會花高價去租一個固定車位。當然，假如她準備辭職的話她也會——我又立即自動放棄這個想法。事實上她並沒有準備辭職，否則她會把東西在五點鐘以前收拾妥當。

我跟隨她到了一條穿通市區的大道。交通流量特別大。一輛大巴士給了我很好的機會。我知道大巴士會以大吃小硬向左擠。女護士的車在大巴士的左側中線道。她發現大巴士要硬擠出來時便狠狠地不斷按著喇叭。向左讓一點點。我早將我的公司車一下向前，把車屁股正好放在她把車讓出來的位置，讓它撞上。我聽到撞車的聲音，感到兩車接觸的震動和鐵器刮裂之聲，大概是我們公司車的擋泥板。

大巴士帶著無匹的重量與馬力，平安地繼續前進，除了坐在最後的幾位旅客，把臉貼在車窗後玻璃上向外張望外，好像啥事也未發生。

我示意女郎把車靠邊。我自己也打轉方向盤，在靠向路旁的時候，我聽到擋泥板刮到後車輪的響聲。從後視鏡中我看到她的車子，左前輪已搖擺不定。我們後面的車子一面按喇叭，一面擠過去。至少有兩打以上的人見到車禍發生，但都一個個自顧自爭取時間趕路。

我自車中出來，向後走到女郎的車旁。在她能來得及開口之前說道：「你不知道大巴士要靠左擠出來嗎？」

她反駁道：「你搞什麼？你從後面逼過來，一點點活動的距離也不給我。」

我說：「你本應該慢速讓巴士先通過。」

「巴士應該等空的時候才可以換線，路權是直行車的。」她辯道。

我向她露了個真誠的笑容說：「小姐，我們從巴士駕駛立場來看，假如他每次靠邊放旅客下來後，要等車道空的時候再換線上路的話，一個晚上六條街也走不完。」

女郎說：「反正我覺得你也有不對。」

「我們來看看損害程度。」我還是微笑著說。

公司車右後擋泥板擠扁變形了。正如我預期的樣子。我以前也曾經用過這一招，目的也是希望快速認識一個用正常方式不易親近的人。我發現人都是奇怪的，你在社交場合接近陌生人，他都會懷疑你有什麼目的。但車禍發生時，他都以為是意外。意外就是意外。

公司車的後擋泥板已斷過兩次，焊過兩次。這次不過又斷了而已。

我把它斷開的部分拉向後使它不會刮到後車輪。

我說：「看來就是這些小損失了。」

「我的前輪有毛病了，」她說，「已經搖擺不定了。」

我拿出我的駕照。

「我是歐露絲。」她說。

「駕照在嗎？」

她打開皮包，冷冷地把駕照亮一亮，她說：「這上面地址已變。地址是力士溪路一六二七號。」

我說：「相當遠呀！」

「怎麼樣？」

「沒什麼，只是我在想你的車不可能……」

她看著我，突然開始哭出聲來。

我做了一個刺激她的動作，我拿出記事本和鋼筆抄下她的車號，這使她十分憤怒。

她說：「你不必假正經，自以為沒有錯。事實上你要是真的是開車好手的話，你會預防別人撞到你的。何況這也不一定是我的錯。我想你也沒有看到那巴士。再說你絕對是超速的。」

我指著公司車尾巴說，「小姐，我沒有撞你，是你來撞我的。」

「是你撞我的。」

「我怎麼可能用尾巴來撞你呢？」

「我不知道你怎麼撞的。你有意把尾巴甩過來。」

我給了她一個笑臉。她自皮包中拿出紙筆要把公司車車號記下。她的手顫抖得很厲害。

我說：「你最好看一下我的駕照。我叫賴唐諾。」

她一把奪過我的駕照，把手中記事本放在她車頭上。小心地抄下我姓名、年齡、地址、身高、體重、髮色及眼珠的顏色。

我趕快和藹可親地說：「車子的主人是柯和賴兩個人。這是合夥公司。」

「地址呢？」

「登記證包在方向盤下面的方向桿上，」我說，「你要抄的話只好勞駕到車中去看。」

「謝謝，我要抄下來。」

她爬進公司車駕駛座，把登記證轉動一下，以使每個字都能看清楚，接著她認真地抄下來。

我客氣地說：「請不要太難過，讓保險公司負責善後。」

「我沒有保險。」

我讓她看到我吃驚的表情。我說：「那就不同了。」

「有什麼不同？」

我說：「我可是保了全險的。」

「我看不出有什麼不同。」

我說：「我不願讓我的保險公司向你個人收費。」

「不必擔心，不會的。我的律師會向你的保險公司收費。」

「倒是個好主意，」我親切地說，「你這樣說使我想起從你的立場來看這件事。

不管誰有路權，我應該瞭解你離巴士太近了，假如我多讓你幾寸，你就不會有事了。」

「你想幹什麼？」她問，「串通好使我可以叫你的保險公司賠錢？」

「有什麼不可以？」

「不必，對的就是對的。我絕不會因為修車的一點點錢去做假。」

「你認為是我的錯誤，不是嗎？」

「是你的錯。」

「好，我也認為是我的錯。有什麼不對呢？這又不是欺騙保險公司。」

「是的，是欺騙保險公司。我應該說是你的錯，你應該說是我的錯，這才正常。」

「好了，我們不要為這件事爭辯。先讓我送你回家吧！」

「謝謝你，我自己會回家。」

我高興地說：「我無所謂。要我給你找輛計程車嗎？」

「我自己會找。」

我說：「可以。我看你車裡還有點東西。要離開的話不要忘記鎖車門。假如你乘計程車回家，最好把東西帶了。據我知道附近一里之內不像有公車到你住的地區。我知道這都與我無關。但是即使你打電話，這個時間計程車也很不容易叫到，尤其是要他們來這個地方。這時候計程車都在市區轉。」

她看看自己車中的東西，又看看我的公司車。

我舉一舉我的帽子說：「假如你決定不跟我走的話，我要自己走了。你可以——」

「你往哪個方向？」

「沿大道一直下去。」

「到不到力士溪路那麼遠？」

「我還要下去。」

她突然說：「好，我跟你走。」

我猶豫一下，好像要告訴她因為當初她拒絕，現在我不願意了。只是小小的猶豫，使她知道我並不急於要她搭我的車。然後我稍稍有一點勉強地說：「好吧，上車吧。」

我把車門替她開著，她自己回到車上把旅行包和報紙包的包裹拿到，放進公司車。

我們一聲不響地開了一段時間。她眼中淚光閃閃，一陣之後把臉拉成戴了面具的樣子。

我說：「我看車子後面有點毛病。」我把車停向路旁。下車，看看車尾，用手把車尾壓了幾下。

「怎麼樣？」我坐回車裡時她問。

我說：「看不出什麼，但就是不太對勁。能不能請你下車，我向前開的時候你看看四個輪子。我要看後輪和前輪是不是在一條線上。我向前開，你站著看，我再倒回來。」

她離開車子，一句話不說地站在路旁。我把車慢慢向前開了大概一百尺，再倒退。

「我看沒什麼。」

「你看後輪有沒有搖擺？」

「沒有。」

「在一條線上？」

「是的。」

我告訴她：「這就好了。我怕主軸彎了。」

「我聽你說過車子反正有保險。」

「是的。但是我靠車子幫我賺錢過日子。主軸彎曲是大事情，會耽誤好幾天。」

「你幹什麼的？」她問。

我說：「我是個私人調查員。」

「你的意思是私家偵探？」她高聲問道。

「沒錯。」

我們保持靜默地走了四、五條街。她謹慎地說：「一定非常有趣。」

「是的，對於不吃這行飯的人，是滿有趣的。」

「很緊張的？」

「偶爾。」

「跟大多數每天做相同常規工作的人比起來，有太多的不同嗎？」

「我們這行也有厭煩的常規工作。而且事實上常規工作總比較多。例如跟蹤一個人，要在門外守候，等等。」

我看一看我的錶，突然說：「老天！」

「什麼事？」

「我早該和辦公室聯絡了。我的夥伴等著要給我一個必要的報告。一忙亂就把這件事忘了。我十分鐘之前就該給柯太太電話了。」

「太太？」

「是的。」

「你的夥伴是個女的？」

我說：「是的，合夥人姓柯，芳名柯白莎。年齡大概是六十歲，一百六十五磅，頑固得有如復活節的巧克力蛋，難相處有如一捆帶刺的鐵絲網。請你在車上等一下，我要去打個電話。」

「你要在哪裡給她打電話？」

我指向一個餐廳：「他們會有電話。附近恐怕只有這一個地方有電話了。」

我走進餐廳，向四周看了一下。這是一個很好的中國菜館，設在離市中心遠一點便於停車，房租也便宜。

我走出餐館對露絲說：「她離開了，大概要十到十五分鐘才會回來。白莎對時間特別注意。每次我遲了一點她就極不高興。我現在只好等在電話邊上，一直到打通為止了。能不能請你進來我們一起等。我們可以把車鎖上。裡面是個中國餐館，好像還不錯的樣子。我給你一個交換條件，假如你陪我等到電話接通，我請你吃晚飯。」

「假如我不願陪你等呢？」

我說：「那樣你只好在外面等，正好有計程車帶客人來，你就叫住他。歐小姐，我也實在抱歉，絕對不是故意的。當然，這裡等車又比剛才那個偏僻地方好多了。」

「你抱歉是應該的，我要回家，而且已經遲了。」

「我實在抱歉。」我又說一遍，一面不耐地看一下手錶。「但事實上如此，我真是身不由己。假如你肯跟我進來，我就把車鎖上，東西會絕對安全的，假如你不願進來，車還是要鎖的。你叫到計程車時，你進來找我給你開門。我可能今晚會工作到很晚，我一定得加足了營養。我們這一行，人和車子有機會就要加滿油。」

我一面說一面不耐地把鑰匙在手中移動。她突然說：「好，我陪你進去等。」

我把車鎖上，我們走進餐館。我們找了個接近電話的卡座。我做各種表情打電話到辦公室等不會有人接的電話。遺憾地掛上電話，拿回硬幣，坐進有圓桌的半圓形卡座。

一個侍者過來，帶來了茶和用米做的餅乾。我問她喜不喜歡中國菜。她說她喜歡中菜中的蟹。她說：「好像叫芙蓉蟹。」我知道她對中國菜只知道美國人在美國吃這一、二種美化的中菜。我又表演了一次電話接不通，把硬幣取回。回到桌邊，輕輕地從她手中把價目單取下。我說：「假如你不介意，我來給你作主，點一些真正的中國菜，好吃的，可能你從來沒有吃過的。」

當然我沒有告訴她，這些玩意兒我十分清楚，絕不是二十分鐘內從廚房端得出來的。

「好呀！」她滿高興地說。

我叫了些開胃用的炸核桃、鹽焗蝦。又要了鳳梨雞塊，糖醋排骨，炒飯和一壺熱茶。

侍者離開，我們開始品茶。

她說：「我唯一在中國菜館吃過的是雜燴及芙蓉蟹。」

「這是到中國菜館大家愛叫的菜色。」

「有一個女人做合夥人有什麼感覺？」

「還可以啦。」

「你們兩個合起來創的業？」

「不是的，白莎本來有一個偵探社。而我正在窮困潦倒之時，我去找工作做。」

「而漸漸的由夥計變成合夥人？」

「是的。」

「怎能辦到的？」

「連我自己也不知道。也許是不斷的好運。我們辦了幾件大的案子，因為不是白莎所慣於處理的案件，所以她認為把我變成她的合夥人也許是合理的辦法。在我加入她之前，她只做些常規事情，像為離婚案跟蹤人啦，找人催要欠錢啦，或是替律師找一點證據啦。」

「你不喜歡這種常規工作，是嗎？」

「不喜歡。」

「那你喜歡哪一類案件呢？」

「像現在我們辦的這些案件。」

「是什麼樣的案件呢？」

「各種各樣的。」我裝作小心地說。

「和以前的有什麼不同呢。」

「說不出來，我們只是開始賺進不少錢，而且維持這種樣子。」

「我想是一件引出一件來——一個案子辦得好了，自然第二件跟著來了，是嗎？」

「我想是的。」

「顧客滿意的口碑，才是最好的宣傳。是嗎？」

「是的。」

她把茶杯推過來又加了點茶，突然她說：「我今天把工作丟了。」

「你說你辭職了？」

「我說我被開除了。」

「太糟了。發生什麼事？做錯了事了？」她澀澀地說。

她苦笑說：「我想是因為我做事太好了。我心中只以老闆的利益為第一優先。甚至比老闆自己還要關心。」

「出了什麼問題了？」

「一個女人。」

我說：「噢，我懂了。」

她不喜歡我的語氣。「不是，你不會懂的，」她臉紅地說，「這個女人會毀了我老闆的事業。她傲慢自大，她自私自利。」

我自作聰明地說：「我真懂了。因為你愛你的老闆，她也愛你的老闆，所以變一個三角——」

「你說什麼呀！」她強硬地說：「愛我老闆?!我恨他。」

我讓眼睛眉毛一起做出驚奇的樣子：「那為什麼要辭職？」

「告訴過你不是辭職的。我是被開除的。」

突然她開始哭泣。

我說：「好了好了。忘了這一切。」

「我不能就這樣忘了，她會把他的事業全部搞垮。我好意告訴他，他竟——他竟——」

「他認為你在吃醋，多管閒事，是嗎？」

「我不知道他怎麼想，他只是開除了我。我想是她逼他開除我的。」

我說：「你要是不想說的話，不要告訴我。」

「我真的希望有人能聽聽我的冤枉。」

「我是陌生人呀！」

「所以我才會對你說。這種事我發誓不會對朋友說的。」

「此外，我還是個偵探。很可能我在辦一件和這事有關的案子。」

她把頭向後一甩，對這句話大聲笑出來，眼淚仍在眼眶中。從皮包中拿出一塊手絹，把眼淚擦掉，她說：「我生氣的時候就會哭。知道自己在哭，使我更生氣。」

「你對你老闆很生氣？」

「對我以前的老闆。對這件不公平的事我倒不怎麼生他的氣了。」

「你老闆幹什麼的？」

「他是個專業人才。」

「那女人一定是他的客戶？」

「不是。他是個牙醫生，不是律師。」

「那個女人常到他辦公室來？」

「你猜對了。每次她來就像皇后出巡一樣。她要超越所有等候的人，而醫生不可以這樣對待病人，但是我現在講有什麼用呢？」

「說說可以出出氣，自己感覺好一點。」

「不必，我已經說得夠多了。事實上，講得太多了。我們說點別的吧。告訴我你的工作。你說柯太太六十歲了？」

「是的。」

「很強壯？」

「強壯得很。」

「你怎麼會和這樣一個女人處得好的？」

「有時也處不好。」

「和一個不好相處的人，天天要處在一起，不是相當難受的嗎？」

「也不見得，有時可以使自己不要變得太軟弱。」

「你不和她辯論，是嗎？」

「不和她辯。」

「那你怎麼做？」

「我做我該做的，她去說她的。」

她說：「你很有趣，外表看起來——別人看起來，你很容易讓別人牽著鼻子走。但是你——你內在好像——好像水泥一樣堅強。」

「喔，我倒不以為然。」

「我敢打賭，你的合夥人柯太太也會如此想。我倒很想和她談談，看她對你的評價。」

「這也不過說說好玩而已。」

「嗯。」

我又走到公用電話，拋個硬幣，撥辦公室的電話，等候鈴響十多下，掛回語筒，收回硬幣。

「還是沒有人接？」

「沒有。」

「你認為你沒有準時打電話回去，柯太太生氣了？」

「那是不會錯的。」

侍者開始上菜。我們開始用餐，女郎對我已沒有惡感，我也不急於要她發言。我知道我太急可能會引起懷疑。

她突然問：「你想我這車子修一修要花多少錢？」

「二十元或二十五元。」

「豈止！我估計要七十五元到一百元才行。」

「不會那麼貴的——我告訴你我要怎麼辦。我來付錢。」

「你付？」

「是的。」

「為什麼？」

「因為我覺得可能是我的錯。」

她說：「我不知道真正是如何發生的。我一面開車，一面在生桂醫生的氣——喔！我不應該這樣。」

「不應該怎樣？」

「告訴你他的名字。」

我說：「那倒沒太大關係。我又要打電話回辦公室了。」

我又走到電話旁，撥電話，裝作焦急的樣子，為了保險起見我還真等對方響了幾次鈴聲才開始把話機掛向掛鉤，但是就在這一剎那，我聽到通話的聲音自話機傳過來，我把話機重又放回我耳朵上說：「哈囉。」

我真的不相信，這個時候，我們的辦公室怎麼會有人。但是聽到聲音也是事實。

我哈囉聲尚未說完，白莎生氣、激怒的聲音已經自電話線傳過來：「好呀！你在哪裡？」

「吃飯呀，你在辦公室幹什麼？」

白莎喊道：「我幹什麼？多妙的問題！我在幹什麼？我在辦公室辦公，使全世界不會把我們笑死。你和你這個豬腦袋。你和你這個心理手銬把包太太銬起來的臭主意。」

「你在說什麼呀？」我問。

白莎叫道：「在說什麼！在說包啟樂被下了毒了！」

「你說——」

白莎吼道：「當然，還會假得了。你以為我在辦公室好玩？韓佳洛要我退錢，還說我們是一群笨蛋，呆頭鵝。包啟樂已被人下毒了。快回辦公室！」

「是的，馬上回來。」我把電話掛上。

歐露絲用奇怪的眼神看著我問：「賴先生，怎麼啦？」

「只是常規工作。」我告訴她。

「你聽電話的時候好像有人在你背上射了一箭。我能聽到對方和你講話的聲音，恐怕整個餐館都聽得到。那一定是柯太太吧。」

「當然是柯太太。」

「她一定是在喊叫。」

「她是在叫。」

「我免不了也聽到了幾句，她已經把電話當擴音器用了。」

我點點頭。

歐露絲的藍色眼珠打量著我。我免不了仔細回想白莎在電話中對我說了些什麼話。

「是不是包啟樂中毒了？」她問。

「你聽到了？」

「我所說的那個女人正是包啟樂的太太。」

「怎麼會？」

「是不是包啟樂中毒了？」

我說：「你明天看報紙好了。目前我要開始忙了。我現在去付賬。用最快速度送你回家。我再趕回辦公室。」

「包啟樂中毒了。」她很慢地說著。站起來，雙手還壓在桌面上。「包啟樂中毒了。」她重複地說，臉色突然間變得慘白。她雙手抓著桌布，雙膝一屈，人就軟了下去。我繞過桌子趕到她身旁時，她已倒在卡座座墊上，昏了過去。

侍者過來，看了一眼，跑進廚房，用中國話在不斷地講。十秒鐘後，一個中國女人，一位老人，一個年輕女郎和兩個年輕人圍著我們看。每個人都在說話，聲音高，都很激動。說的都是聽不懂的中國廣東話。

我要了一杯冰水，倒在餐巾上，用餐巾輕拍著她的面頰，直到她清醒為止。我一面付賬，一面給了很多的小費，幫助歐露絲站起來。我帶她上車的時候她還有點迷糊。

第六章　中毒

公司的老爺車居然很爭氣，出了中國餐館它一直快速地在馬路上跑著。

歐露絲坐在我右側。我把車窗全部打開，讓風從車窗吹進，增加一點新鮮空氣。

過了一陣，她說：「剛才真是出盡洋相了。」

我什麼也沒有說。

「告訴我，賴先生。你為什麼對包家有興趣？」

「你只是從遠遠的地方，聽到話筒中傳來的聲音，怎麼可能對名字聽得如此清楚呢？」

「但是她說是有人中毒了。」

「但是你不可能聽清楚姓什麼叫什麼的呀！」

「但是中毒——中毒就已經夠了。」

「為什麼夠了？」

她猶豫了一下，說道：「不為什麼。」

我也就不出聲地開車。

「一定有人請你們調查這件案子。」

我保持靜默。

「你是不是——我是說，你本來知不知道有個桂醫生？」

「怎麼會？」

「知不知道包太太常去他的辦公室？」

「是你一直在講一位包太太。」我說，兩眼注視路上。

「我在想，你本來是想跟蹤我。然後巴士過來時不小心我們撞上了，要不然——可能這根本是你故意的。」

我繼續做一個優良駕駛員。

「你為什麼不說話？」她攻擊性地問。

我說：「小姐，我要安全讓你回家。你像一個笨女孩在說話。」

「沒多久之前，你只怕我說少了。你的眼睛一直在鼓勵我說下去，把知道的都吐出來。你聽得耳朵都豎起來了。現在為什麼不要我開口了？」

我說：「用我現在這種速度開車，需要很大的注意力。我不能把你放在路上不管。我又怕你搭上了色狼的便車。雖然你不喜歡和我同車，但我一定要送你安全回家。」

她在想我說的話，我已來到力士溪路。我保持快速地把車轉入，車子輪胎在轉入較差路面時不高興地叫出聲來。她還沒定下心來，我已踩煞車，一六二〇號到了。

這本來是一棟小巧的公寓房子，原本出租給在附近工作人們用的。由於房子缺乏，漸漸的在市區工作的人也住了進來。

我幫助歐露絲自車中出來，先拿起報紙包的包裹，說：「我來替你拿這些東西好了，你拿了東西開門不太方便。」

「不，不要緊，我會處理，你還有要緊事。」

「一、二分鐘沒關係。」我又拿起旅行袋。

她打開前門，帶頭上三樓，到過道盡頭的一扇門。

我說：「十號公寓，一定是這公寓最後一間。」

「是的。」

她用鑰匙把門打開。我跟她進去。是一個很小，可以說很擠的房間，由於牆壁髒了所以連帶著房間也昏暗了。更何況傢俱都漆成一度流行的橡木色。有一種不明顯陳腐的氣味，因為人類久居但缺乏整修所引起。這公寓看來是房主的退休金礦。

歐露絲走過去把窗打開。我把她的東西放下，趁她尚未轉身，我拿出皮夾，從皮夾中取出兩張二十元和一張十元的紙幣放在桌上。

她說：「有你送我回來真好，賴先生。我抱歉，增加了你不少困難，都因為我自己看起來很笨，做了不少錯事。不過剛才我太震驚了——我今天一天都不順心。」

「沒關係。我能理解。」

「能不能請你幫個忙，不要跟別人說。」

「說什麼？」

「我昏過去的事。」

我猶豫。

她向我走過來，我知道她是早想好，而且在腦子中預演了好多次要怎麼做的。她的藍眼望著我說：「你不會說吧，賴先生？」

我說：「不會，不要擔心。」

她眼光看到了桌上的錢。

「那是什麼？」

我說：「修車的錢，我已決定這次車禍是我不小心引起。我會把它列入公賬開支。」

「你不能這樣。」

「已經這樣了。」

她又要哭了。我故意輕鬆地說：「高興起來，露絲，你不是個小孩了。」打開門退到過道。

我跑步下樓，跳進公司車，把車迴轉，直奔辦公室。

我走進白莎辦公室的時候，白莎正把自己椅子當搖椅像不倒翁似的前後搖擺。她用帶了鑽戒的手迅速地把唇上叼著的香菸取下，譏誚地說，「難得，難得，豬腦先生終於親臨。」

「彼此彼此。」

她生氣地說：「老天！我不知道為什麼你豬腦計劃每次一出錯，我總是首當其衝。」

「怎麼啦？」

她向我嚷道：「還說怎麼啦！一個女人出錢叫我們不要讓包太太對她先生下毒。她付我們兩百五十元錢，明天還要帶兩百五十元來。你跑去叫她不要擔心，就因為你給了那位巫婆兩打鯷魚醬以為保險了，然後你不見了。房子倒下來都由我白莎一個人扛。」

「要你扛什麼？」

「扛什麼？老天，你居無定所，你一個一個公寓亂換，你電話簿中沒有名字。連我都時常不知道到哪裡去找你。這年頭連正經人都租不到房子，像你這種光棍，嘿，我都不知道你怎麼混。但是我，我柯白莎的名字在電話簿中可寫得清清楚楚。

「我本來也可以不接這個電話，又想到你這小子可能又在外面出了紕漏要我來救你。結果是我們的客戶，她吵著要立即到辦公室見我。要不是想到明天的兩百五十元，真想去他媽的。結果，她來了，告訴我了一大堆。」

「說些什麼？」

「她要知道我們有沒有做一件像樣的事。她說你把事情弄得一團糟。她說你根本是個渾蛋偵探——這一點我同意她。她說你跑到包家裝模作樣，鬼鬼祟祟，哪像個有氣派人家的偵探。你——你和你的鬼擠擠醬。」

「別生氣，先把發生了什麼事告訴我。」

「發生什麼事！鬼迷心竅。別人要我們預防，而我們反而給開了條路。包太太苦於沒有機會，而你給了她久候的機會。」

「什麼機會？」

「一個安全毒死她先生的機會。你的鬼擠擠醬。」

「你想要告訴我實際情況的時候，先提醒我一下。」

白莎用鼻子一哼，眼一翻：「你要實際情況，我看你要換個腦袋才行。

「包啟樂回家。妲芬——當然有證人的情況下——告訴他將有奇蹟出現。他們兩人的照片會出現在全國各大雜誌上，照片上他們將正以一種很好吃的鯷魚醬在招待客人。她已準備了一點擠上了鯷魚醬的小餅乾給她先生試試。

「所以她拿出了一盤小點心，自己拿一塊，餵到先生嘴裡，然後一味的講照片怎麼照，穿什麼衣服，梳什麼髮式——你給她的這些狗屎宣傳。

「你這個方法本來騙不過多少聰明一點女人的，但是騙騙包太太可能剛好。至少因為她沒有來得及想一想，又一下以為可以大出風頭。她本來也常做東開派對招待朋友，這下又可以藉機做女主人，而且可以大大收回利息來：得一個『年輕一代領袖』的雅號。

「她沒見識的丈夫也相信了她，看著鯷魚醬對她笑著。兩個人喝著雞尾酒，吃著鯷魚醬大聲讚好。沒多久臉色發青，得了急病還以為魚醬放久所以壞了。他太太馬上給醫生打電話形容了症狀。蒙古大夫竟憑電話診斷為食物中毒，告訴她要怎麼辦，並且要她把鯷魚醬留下做化驗及證據。」

「之後呢？」

「之後就是韓佳洛。她在那裡看他們一起吃鯷魚醬，她溜出來另外找了一個醫生，告訴醫生包啟樂被人下了毒，叫了救護車，又報了警，一下子把事態擴大了。結果是包啟樂及時送醫，他們可能會救得活他。他們給他洗胃呀什麼的。」

「韓佳洛報了警？」

「是的。」

「那包啟樂太太呢？」

「不見了，」白莎說，「溜了！」

「什麼時候？」

「算起來是在韓佳洛電話報警說包啟樂被人下毒的時候。也許她知道罩不住了，就溜出屋去了。」

「警察有沒有找她？」

「我相信是有的，他們也可能會在她冷霜罐裡找到一噸毒藥。但這不是我們的事。我們是被雇來防範這件事發生的，而我們所做的反而使它發生了。我們甚至提供了鯷魚醬——你倒試試能不能報公賬開支？」

「當然，這一定要報公賬。」

白莎嘆息地說：「這就是你的毛病。為什麼不只買一管鯷魚醬送去，而偏要買整個一箱，足足二十四管。老天，只要想到可以報公賬，你就恨不得把全世界都買下來。你把鈔票餵小鳥，你把鈔票往溝裡拋，你在燒我們的鈔票！」

我說：「你不知道的還多呢。我們公司車出了點車禍。」

「謝天謝地，好在是保了險的。」

我說：「我撞到她車的女人不想索賠，所以我從公款中給了她五十元。」

白莎的椅子，因為她突然直坐的原因，發出了尖而超負荷的吱嘎聲。「你說什麼？」

「我從公款中給了她五十元。」

「你為什麼這樣做？」

「因為我是故意撞她一下的。我以為她知道這件案子的詳情，她可以提供我們所要的消息，用這個方法認識她不致使她起疑。我故意使車撞上她，把她的車子撞壞到不能使用，而我——」

「天啊！」白莎怪叫。把手中香菸屁股用力一拋，拋過房間。她別出心裁的挖苦道：「你這個人不但用一貫浪費的方法辦事，而且在有車保險的情況下反倒要從自己口袋掏五十元出來餵小鳥。我問你，你除了用車撞上去之外，你還有沒有比較省點錢的方法去認識一個女人？上帝，請你睜開眼睛上街看一下，每天晚上，有那麼多男人在釣女人。你沒有女人的話，跑到風化區或者特種營業場所，十秒鐘之內就會有人送上門來。用你的車開到有野雞的地方，按按喇叭，可以裝一卡車。再說，武的可以強暴，文的可以舉舉帽子滿臉微笑地請問百老匯路在哪裡，世界上不下幾百萬種方法可以認識一個女孩子，而你只會用車去撞。還認為自成一格——可能，你這種腦子只能去跑馬。好！你想到了一些鬼主意，你用車去撞，撞掉了五十元，你還花什麼錢了？」

「我請了兩個偵探跟蹤包太太。」

「喔，你請人了。要不要花錢呀？兩個人？」

「是的，一個白天，一個晚上。」

「我還是要感謝你，要不是你的努力使下毒這件事加快發生，我們公司可能會給你弄破產。要是包太太遲一天下手的話，至少你把兩百五十元花完了，讓我白莎一個人來研究用什麼付房租。」

「那個管家馬偉蒙怎樣了？」我問。

「他怎樣？」白莎問。

「是不是他把小點心拿出來侍候的？」

「我不知道，也許。管家本來就是做這個的。」

「韓佳洛感覺如何？」

白莎說：「她感覺如何！算你運氣，你不在這裡，未能看到她感覺如何。你該聽到一些她說你的話。她說你坐在汽車裡裝大牌，批評她的腿美不美。她說你痴人說夢話，什麼心理手銬銬住了兇手的手，這樣在十幾二十天之內可以沒有事。她說你，用她的錢，做她不要你做的事。想起來你也真是不像話，你呀——老天，這時候會是——」

外辦公室門上有人使勁砰砰地敲門。

白莎說：「我想這是韓佳洛又回來了。我去開門，也讓你聽聽她的想法。我已厭倦再擋在你前面，試著告訴佳洛因為她第一次沒有告訴我們真相，所以我們才疏忽了這案子的某一個角度。」

「你就是這樣說的，是嗎？」我問。

外面門上仍在敲著。

白莎說：「我當然這樣說。我生你的氣，但是絕不會讓這小妮子把我們偵探社的鼻子牽來牽去。我給了她點顏色看。我告訴她只要客戶把每件事和我們坦然相告，經過你設計出來的計劃從來沒有失敗過。只因為她一定還有隱情，而且一上來就騙了我們，才會把事情弄糟。我把她放在被告的位置——好人，你去看看什麼人那麼猴急。」

我說：「聽起來非常像警察。」

「警察？警察也不能像這樣要把門拆下來呀！」

我經過接待室把門打開一條縫說：「怎麼回事？」

偵探警官宓善樓用他的身體把門向裡一擠，說道：「好呀，這不是我朋友唐諾嗎？唐諾，你好嗎？」

我伸出手忍痛讓他握了一下。

「白莎呢？」

「在裡面。」

「真不錯，好久沒有見你們了，你們好嗎？」

「還可以，請進，我猜你無事不登三寶殿，公事吧？」

宓善樓把他帽子向後腦一推，瞇了眼看看我：「這算什麼待客之道，老朋友好久沒見，來找你們聊聊，你怎麼來這一手。」

「唐諾。是什麼人？」白莎在她自己辦公室隔了門問。

我對宓善樓說：「你告訴她好了。」

宓善樓走過接待室把門一推：「哈囉，白莎。」

「呀！難得，難得。」白莎喊著，忙著把牙齒露出來。

「怎麼樣？一切順利嗎？」宓善樓問。一面自顧走過去，在客戶椅上坐下，兩隻腳一蹺擱在白莎辦公桌上，自口袋摸出一支雪茄。

「上次別過之後，你媽沒教你一點禮貌嗎？」白莎問。

宓善樓笑笑道：「噢，是的。帽子，我總是忘記這帽子。」

他把帽子取下，用手指把又厚又不服貼的頭髮攏了兩下，向我眨了一下眼，拿根火柴在厚笨的警察鞋鞋底一擦，把雪茄點著。「白莎，最近還好嗎？」

「六個禮拜來身體一直不好，」白莎說，「承你關心。」

「我的問題是問你生意還好嗎？我對你瞭解那麼深。當然知道你的一貫作風，鈔票第一，其他都可以次之。」

「去你的！」白莎做作地說，眼睛給了他同意的一眨。

宓善樓非常滿意地對白莎全身望了一下，說道：「白莎，什麼時候你歇業不幹，想替市政府做事的話，你一定是一個最好的女牢頭。你管女犯人一定很出色。你知道該做什麼，懂得不時給她們建議，萬一有人動粗，你一定會給她好看。」

「那還用說。」白莎承認。

「事實上，」宓善樓說，「這一個禮拜我一直想來看看兩位，不過你們知道，我們忙得頭也抬不起來。好像匪徒越捉越多，永遠捉不完似的。監獄也是永遠客滿，這邊匪徒還沒有放出來，新的又捉進來了。」

「這個時候，到辦公室來社交訪問，不新鮮了一點嗎？」

「白莎，不要不耐煩，我只是說想來一個禮拜沒來成，而包家這個案子一出，我們知道你們混在裡面攪局，所以我的上司對我說：『老宓，你認識那兩個傢伙，你和他們搞得不錯，你去問問他們是怎麼回事。不要動粗，不要威脅他們。只是有禮貌地問他們問題。我們知道他們會合作的。』所以我來了。」

白莎看看我，不說話。

我點了支菸。

宓善樓顯然對這種沉默不以為然。他把雪茄自口中拿出，把兩隻手放在腦袋後面，仰起腦袋看天花板，有趣地說：「假如你問我的話，這次我們頭實在非常客氣。對付大部分私家偵探我們不會那麼客氣。私家偵探在案件和警方有關時，本該和警方合作。對大多數私家偵探社我們進去要是他們不把所有我們要的資料攤出來，我們立即給他們顏色看。我們頭說對你們要禮遇，要給點『優惠』。」

我和白莎二人都沒有開口。

「所以，」宓善樓把目光從天花板拉下，注視著白莎，「包家那件案子你們知道些什麼？」

白莎向我點點頭：「這件案子唐諾主辦，我只管收錢。」

宓善樓把眼光冷冷地看向我。濃濃的眉毛下，眼睛轉變為公事化。雪茄含到口裡。

「你來說吧，唐諾。」

我笑出聲來說：「你把凶殘的眼光留下來對付匪徒吧。警官。」

他把雪茄吸了一口，把煙重重地吹出說：「也可以，也可以，唐諾。我就先拿你來試驗，因為你很可能會進監牢。把實況告訴我，從開頭開始，一點也不要遺漏。」

我說：「某個女人來我們辦公室。她要知道包家住宅中在醞釀些什麼。我們收了兩百五十元定金，實際上是白莎收了兩百五十元定金，我們開始辦案。」

「怎麼個辦法？」

「喔。」我說：「我給包太太安上一個尾巴，看看她在外面有什麼。然後我研究如何可以進屋子去看看。」

「這就是你為什麼買了——喔，算了，還是由你自己講。」

我說：「這是為什麼我買了鯷魚醬。我以為照相、廣告這一類概念包太太會吃得進的。」

「所以你買了鯷魚醬？」

「是的。」

「哪裡買來的？」

「第五街一家不小的食品店。」

「什麼名稱？」

「不記得，但是我一定可以再找到，很大的一家。」

「為什麼要鯷魚醬？」

「老實說我是在找我可以用，她不會去查的東西。我首先想到去藥房買些面霜。但是想到所有化妝品都太想親近顧客了，她很容易會在百貨櫃檯上問一問有沒有我這樣一個人。看到鯷魚醬才認為沒有人用這種方式做過鯷魚醬的廣告。我認為比較自然。」

「沒騙我？」

「沒有。」

「你不會本來就在找容易和砒霜混在一起，可以抹在餅乾上的東西？」

我說：「你以為我會和下毒混在一起？」

「我只是要知道實情。」宓善樓說。

「我已把實情說出來了。」

「這些鯷魚醬會不會故意放在那裡，等你去買的？」

「你什麼意思？」

「有沒有人知道你要去買鯷魚醬——」

我用搖頭打斷他的話表示絕不可能。

宓善樓說：「有沒有人把這個概念放進你的腦袋？仔細想想。很容易有人隨便向你提起哪一位私家偵探用什麼方法，進了什麼人的家。隨便提起鯷魚醬也不錯。也許一個月、一星期前，有人向你提過，你有了這個印象。所以——」

「絕對沒有。」我說。

「我也認為不太可能。」宓善樓承認。

白莎說：「老天。這是標準的賴唐諾手法。絕沒有人想到過。每個地方都有他的註冊商標在上面。」

宓善樓同意：「給你說對了。所以你今天下午登堂入室給包太太上了一課又把整箱鯷魚醬留了下來。」

「就這樣。」

「你認為她相信？」

「那個時候我的確認為她相信了。」

宓善樓說：「我想她比你聰明。給你兩百五十元的是個什麼人呢？」

我搖搖頭：「我們不能洩露客戶的名字。」

宓善樓說：「你最好和警方合作。這不是玩猜獎遊戲，這是謀殺案。」

「謀殺？」

「嗯，只是他還沒有死而已，但是中毒案件是說不定的，隨時可以死的。」

「你確信是中毒？」

宓善樓點頭說，「當然，當然是中毒。這傢伙在享受蘇打餅乾、鯷魚醬和三氧化二砷。警局的化驗室已留下證物，做過試驗。」

「當然，那砒霜可能是在別的東西裡的。」

「當然，」宓善樓戲謔地說，「都有可能。這傢伙也許喜歡咬指甲，修指甲小姐給他指甲縫中加了點料，所以他咬指的時候肚子痛了起來——當然也可能有人把砒霜混在鯷魚醬裡送給了他們。」

「你對鯷魚醬當然也做了化驗。」

宓善樓同情憐憫地看著我。

我說：「不要這樣。我只是要知道一下。」

「你說你派人今天下午跟蹤包太太？」

「是的。」

「她去哪裡了？」

「去看了牙醫生，又去購物，如此而已。」

「沒有在任何藥房逗留？」

「也許。我們還可以再問那個跟蹤她的人。他說她曾去購物。」

宓善樓：「告訴我他的名字，我自己會找他談。」

「那更好，」我說，「他姓沈，沈山姆，認識嗎？」

「想不起來，反正我會找他談談。牙醫生是誰？」

「一個叫桂喬治的傢伙。辦公室也是診所，在白基地大廈。」

宓善樓拿出他的筆記本，把姓名地址記下。「你那跑腿的什麼時候下班的？」

「今天下午五點。他五點半在這裡給我口頭報告。」

「五點鐘之後她會不會又出去了？」

「我另外有一個接班做晚上的。」

宓善樓說：「噢，那是件大案子？」

「其實我想只要一天或兩天。我想找出她是否另有喜歡的人。」

「嗯哼，我懂。所以你還有一個人晚上可以跟蹤她。」

「是的。」

「從五點鐘到幾點？」

我說：「從五點到今晚午夜。今天我們開始晚，因為是第一天。明天開始白班上午八時到下午四時，夜班從四時到午夜十二時。」

「從午夜至上午八時，你沒有派人？」

「我認為這時間她要陪她丈夫。」

宓善樓故意打了個呵欠，對白莎說：「唐諾老使他的案子聽起來很簡單。他像打壘球一樣，投一個變化球，死咬說是直球，假如給當場捉住就會說是風吹的關係，發誓投的是直球。」

我說：「你以為很好玩，其實一點也不好玩。」

宓善樓說：「我也不覺得好玩。你還有得解釋呢！包太太偷偷地把砒霜放進鯷魚醬去？當著你的面？」

我說：「要有點良心，善樓。我總不可能站在包先生身旁，把每件他要放進嘴裡吃的東西做一次化驗。我只是盡自己能力而已。」

宓善樓心平氣和地說：「當然，當然。誰也料不到會發生這種事，我可以完全明了你的立場，唐諾。但是我們頭看法有點不同。他對你怎麼會利用鯷魚醬始終耿耿於懷。照你現在給我的解釋，我倒真的非常滿意了，但是我不知道我去向他解釋的時候，能不能講得那麼清楚了。你看，包太太需要找點東西空腹時可以給她先生吃。你也知道砒霜在空腹的時候發作快，效果也明確。假如她放在湯裡，喝了湯要吃不少食物，必定要放許多砒霜才行，而且效力還不能一定，因為一不舒服，會把大部分藥物吐出來。但是，用飯前開胃點心的方式給他吃，他的胃是空的，少量的毒品即可絕對奏效。鯷魚醬好像是特別設計的，不是偶然動機的。再說鯷魚醬味道較重，正好可以蓋過砒霜。」

「據我知道砒霜是沒有味道的。」

宓善樓說：「那倒也不見得。我的經驗是據吃過的人告訴我的，多少有一點燒灼的感覺在喉頭。我們頭說最好而絕對不會引起懷疑的方法是混在鯷魚醬裡，擠在蘇打餅乾上，空腹給別人吃。」

我說：「對這一點辯論也沒什麼意思。」

宓善樓自然地說：「沒有錯。你請來看住包太太的夜班人可能睡著了。」

「什麼意思？」

「她溜走了，而且——」

我打斷他的話：「嗨！等一下！不要那麼快下結論，他也許正在跟她跑，沒機會給我報告。」

宓善樓一下把放在腦後的手拿開，改變了一個坐姿，說道：「老兄，你也許有道理。假如你們兩位請了人在盯包太太，而這個人真盯下去了。我們頭會感激兩位的大恩大德了。即使跟丟了也沒關係，只要告訴我們她怎麼溜出門去，她是向機場跑，開車跑，用巴士跑，知道這些就夠了。」

我說：「好，不要離開。就在這裡等，一定會有報告進來的。」

「然則，」宓善樓說，「也可能他本來守在門口，突然看到那麼多的警察、救護車、便衣，他為安全起見回家睡覺了。」

我說：「這個傢伙不會。他是好手。幹這一行太久了，精通得很。你叫他盯住一個人，他絕對咬住不放。而且一有機會或是變化都會報告。善樓，那屋子附近到底給你們的人弄亂到什麼程度？」

宓善樓說：「還好。包妲芬的秘書韓佳洛是用電話報警的人。事前包太太曾電話請教一位醫生，醫生說他是食物中毒。他在電話中告訴他們些食物中毒的處理方法。而韓佳洛知道這不是食物中毒。她打電話給另外一個醫生，請他快來，說是砷中毒。救護車也是她叫的，警察也是她通知的。那女的真能幹，該想到的都辦了。假如包啟樂不死，都是因為她有決斷力所致。她做事乾脆俐落，一點也不拖泥帶水。」

「她說是砷中毒？」

「是的。」

「就是這樣說的？」

「是的。」

「滿巧的呀？」

「我也這樣說。唐諾，不必費心，警察不是笨伯。」

「管家怎麼樣？」

「他只是把小點心端出來，顯然是包太太親自準備的。包啟樂調的雞尾酒。他在搖混酒器，他太太拿了一塊餅乾，叫他把嘴張開，送進他嘴裡。她自己也拿了一塊。管家把盤子放下，回廚房去看晚餐。」

「佳洛在現場嗎？」我問。

「是的，這次事件要是她不在場，或是動作慢一點，包啟樂就慘了。」

「佳洛也吃了小點心嗎？」

「嗯哼。」

「有不舒服嗎？」

「沒有。不要忘了是包太太選出一塊餵到她老公口中的。」

「警官，你對那管家有何看法？」

「他不喜歡他的工作。也許騎在馬上找馬騎。也許滿意這個舒服一點的窩。唐諾，告訴過你不要太煩心，警察不是笨伯。」

「佳洛打過電話之後做了些什麼？」

「她忙進忙出，在打電話的時候，包妲芬也許聽到她要報警就溜了。」

我說：「她——」

電話鈴聲響起。

白莎簡單地把電話向邊上一推。

宓善樓說：「還是接一下好。這可能是我的電話，我的部下知道我在這裡。更可能是你派去盯包太太的，那就太妙了。萬一他跟上了，還有什麼話說。太妙了。」

白莎拿起電話說：「哈囉。」聽了一會兒，又說：「好，不要掛，他在這裡。」

她向宓善樓警官示意：「是你的，善樓。」

宓善樓用他的大手掌抓起電話：「什麼事，說！」

他聽了一下，雙眉蹙在一起對我說：「唐諾，我的一個弟兄說在那邊逮到了一個傢伙在注意那房子。他們逼他說實話，他說是個私家偵探請他跟蹤人的。」

我說：「那麼那位先生還在那裡？」

「他還在那裡，而包太太從他手縫中溜走了。怎麼辦，要不要轉告他回家好了？」

我笑著說：「我打賭除非白莎或我叫他回家，否則他是不會離開的。這個人是個退伍警官，他絕對盡忠職守。」

「不過他還是讓她從眼前溜走了。」

「她可能是從後門走的。但是即使如此，這傢伙是個內行。我們一起去和他談談。」

宓善樓說：「我無所謂。和他談過之後，我們一起去看跟蹤她去買東西的人。我也要和他談談。唐諾，這件事你們兩位對警方可能幫助不小。假如她曾去過藥房，你的人會知道哪一家。走吧，等什麼，我們去拜訪你們的人。」

「我開車跟你走，」我說，「我還要回來。」

宓善樓說：「算了，我送你回來。我不想停下來等你。我有警笛，什麼車都要讓我先走。快走吧。」

白莎鎮靜地說：「我還是留在這裡好。都弄清楚了給我打電話，唐諾。」

「可以，」我說：「宓警官，走。」

第七章　三氧化二砷

房吉明，我雇的夜班偵探是一位面無表情，十分冷靜的退休警官。他什麼都見過，根本沒有事可以使他驚慌。

有一次房吉明和另外一位偵探在一條很擠的街上跟蹤一個女人，一個在左，一個在右。突然這個女人不見了，就是憑空消失了。另外那位偵探完全呆住了。房吉明冷靜地走回到那女人失蹤的地方，最後發現她不小心掉進了一個沒蓋妥蓋子的下水道，摔昏過去了。

房吉明請「一一九」協助，把女人送到醫院。雖然這個女人膝蓋骨破了，人在昏迷中，但是房吉明還是在醫院外面守著等人接班。

這就是標準的房吉明作風。

宓善樓和我步向他車子的時候，他抬頭向我們看著。佈滿皺紋的臉上擠出了一點笑容。他說：「我就知道你們會來。我一直想打個電話報告一下，但就怕正好離開的時候她出來。」

「她已經跑掉了。」宓善樓說。

「怎麼回事。吉明？」我問。

「我一直在這裡。看到救護車來，也看到警察來。裡面還有兩個警察，曾一度出來趕我走。我不喜歡別人趕我。」

我說：「吉明，看來這一次她從你眼前溜走了。」

房吉明搖著他的頭。

我告訴他：「我猜是真的。她一定從後門溜了。」

「那她一定要爬過一個七尺高的木籬笆。」房吉明說。

「也許籬笆有門。」

房吉明說：「我看過了，沒有後門。我現在這個位置也可以兼顧到後面籬笆唯一的出口門。」

「你一定有一、二分鐘眼睛離開了這個方向。」

房吉明慢慢地搖著他的頭：「我的眼睛受過訓練，任何地方有動靜，我都會看到的。」

我看向宓善樓問道：「你確定她離開了？」

「那當然，」宓善樓說，「我們從包啟樂那裡把所有鑰匙都拿來了。我的人還在裡面。」

「你徹底搜查過那裡了？」房吉明問。

宓善樓思索地看著房吉明，想說什麼，又停住了。

我說：「反正沒事，我們進去看看。」

宓善樓說：「跟我手下談談。怎麼回事？走！」

房吉明坐回汽車問道：「要我繼續等？」

「是的，要等。」我告訴他。

我什麼也沒有說。

我們穿過馬路，步上階梯走進屋去。

一個便衣在門口，他替我們把門拉開：「喔，哈囉。警官，請進。」

「你們收集到什麼資料了？」

「一共只兩個人，還沒有什麼特別收穫。」

宓善樓說：「好，我們也來看看。」

我們經過稍早我曾和包太太聊天的起居室，經過飯廳，經過一個小的配膳走道，來到廚房。

另外一位負責搜檢的警官正在翻翻弄弄。

「找到什麼沒有？」宓善樓問道。

「什麼也沒有找到。不過是隨便看看，希望找點線索出來。」

「看看廚房裡有沒有兩個糖罐子，」宓善樓說，「這類東西都不會藏起來，會放在明眼處。」

「我正在一樣一樣看，」那個人說，「我每一罐都倒點出來看，胡椒、麵粉、味精都看過了。」

「那很好，你樓上也看過了？」

「是的，每一間大致看了一下，才開始一間一間搜。」

「沒有人在家？」

「鬼也沒有，沒有。」

宓善樓向我看看。

「地下室看過了嗎？」我問。

那警官用不熱心的眼光瞪了我一下，不很客氣短短地回答：「嗯。」

我告訴宓警官：「我們也來看看，以防萬一。」

「當然。我反正也要看一下。」

那警官冷冷地看著我，顯然因為我剛才引起宓警官對他的搜查有疑問，十分不滿。

「僕人們哪裡去了？」我問宓善樓。

「有好幾個。一個廚師，一個女傭，一個管家。現在都在總局，有人在偵詢。我想他們不知道什麼，但是我們在找毒藥來源時，不希望他們跑來跑去。你知道，有的時候傭人們自以為忠心，會把證據弄得亂七八糟。」

「我們上樓看看。」

我們上樓，看看臥室，浴廁。

前臥室裡都是男人衣服，顯然是包啟樂在用。室內有兩個大壁櫃及一個浴室。有一扇門，顯然可通另一間臥房，現在關著。

包太太的臥室緊接在包先生臥室之後。有一個衣櫃，一個化妝間，一個關著的門。她的浴室不靠包先生臥室那一方向，而是再向後可能與向後的另一臥室相通。

我打開每一座衣櫃門看了一下。我走向那扇關著的門，宓善樓說：「這是通包先生的臥室的，奇怪，為什麼鎖著？」

「我們來打開它。」我說。

「有何不可？」他說。

我把門球左右扭了好多次，我說：「顯然不是這一邊鎖上的，是那一邊把鎖按下了。善樓，這會不會不是通到那面臥室的門？」

宓善樓說：「當然是通那邊臥室的門。他的臥室是前臥室，正在這方向，就是那——」

「但是你看看衣櫃的做法。」我說：「那邊也有衣櫃。我不認為門是直通的。我們仔細看看。」

我記得房子的方向和衣櫃的方位，我走向包啟樂的臥室，估計尺寸，再次進入臥室，估計方位尺寸，又試著轉動門把。

我說：「一樣。從裡面鎖的。善樓，裡面是通兩個臥室的浴室，兩邊門都是裡面鎖著。」

宓警官看看我，眼露讚許，兩手向後一擺說：「讓開！」

他退後五，六步，把右肩放低，左手抓住右手手腕，向前側跑一下撞向門去，像個橄欖球員撞向對方佈陣一樣。

門把處的門框一下撕裂。

這是一個浴室。鋪了磁磚的地上一個女人俯臥著。她穿了外出服，完全昏迷，裙子翻起超過臀部，穿了整齊絲襪的腿彎曲著。黑的吊襪帶和粉紅的肉全部看得到。一側臉貼在地上，頭髮很凌亂，一隻手臂抱著抽水馬桶的底座。另一隻手伸展在地上，手指如鉤，像要把磁磚抓起似的。

浴室地上十分狼藉。顯然是女人曾劇烈地嘔吐過，但由於太過微弱，就不顧一切倒了下來。

我跨前一步，來檢查她的脈搏。沒有跳動。她的皮膚又冷又濕。我能夠看到她臉的一側，是包妲芬。

宓警官嘴巴中吐出了一連串詛咒，主要是在用「三字經」罵他那些部下的愚笨，無能。

樓梯上我聽到腳步聲跑上來。然後是在廚房裡瞎摸的警官匆匆上來，手槍在他的手中。他一定聽到宓善樓撞開門的聲音，多半準備是要對付我的。

他看到我們站在浴室裡，看到破裂了的門，浴室地上的人，他垂下了頭。

「是什麼，宓警官？」

宓警官吼道：「還問我是什麼？是個快要死的女人，你們做我手下，老拆我的台。為什麼忽視了這間浴室？」

他尷尬地說：「我也奇怪，警官。我以為是通兩間房間的門。我試了一下是兩面鎖上的。我認為這可以證明夫婦兩個不太合得來或吵架了。以為地方檢察官會喜歡我們保留原狀作為證據的。」

「心跳怎麼樣，唐諾？」宓警官把眼光離開抱歉而窘態的警官。

我說：「脈搏是沒有了。呼吸極弱。幾乎和地上一樣冷了。我看隨時可能斷氣。」

宓善樓對那警官說：「還站著幹什麼？叫輛救護車——不行，要是等救護車，她會死在我們手裡。抱她起來，用警車送醫院急診。告訴醫生是砒霜中毒，診斷已由另一病人確定，立即照砒霜中毒急救，不要浪費時間。快！」

那人慢慢把槍收起來。宓善樓改變主意決定自己幹。

宓善樓彎腰向這個昏迷的女人，一手伸到她兩條大腿下面，一手伸到她肩部下面，一直腰抱起來，好像一點也不費力。把她抱到街上，想把她放進停在門前的警車裡，又改變主意，把她抱過街，走向他自己的警車。轉過頭來對另外那位警官說：「我帶她去醫院，你繼續留在這裡找毒藥。不要隨便讓什麼人進去，知道嗎？」

「是的，警官。」

宓善樓仍在叫著：「好好給我用點心，要是她死了，看我怎樣收拾你。要是這件事登到報上，你只好不活了。」

我把警車後面門開直，宓善樓把軟麵條似的女人放在坐墊上，徵求意見似的瞽我一眼。

我點點頭把後車門關上，又從另一面後車門進車，坐半個身子在坐墊上，用手護衛著她。

「你要坐穩了。」宓善樓一面從車頭繞過去，一面說。

我用一個膝蓋頂著車前座的椅背。

宓善樓打開引擎，紅的閃燈，催命的警笛聲，在宓善樓熟練的手法下，我以為只有乘火箭到月球去才會如此起動。

我向後窗玻璃望出去，一輛車緊跟在我們後面，盡力想跟上來。

我忘了告訴房吉明，他可以回去了。他的責任是盯住包太太，他正在盡力。

宓警官在通過了第二個十字路口，才把車自二檔轉入高檔。警笛給了他路權，紅燈閃動，坐在車中只覺得外界的車輛都停止未動，馬路上只有我們這輛車在高速行駛。衝過二、三個交叉口後，旁邊的車輛更多。宓警官沒有減速，內線超車，到逆行車道前進，紅燈過街，嚇得對面來車不知前進好，還是後退讓路好。

我努力穩住自己，尚堪沒有頭破血流。但包太太完全沒有自主能力，所以幾次使她落下座來。兩個人在後座有點滾來滾去，但我始終沒讓她掉落地上。

宓善樓在急診醫院前把車煞住，我替他把門打開，還是讓他來抱昏迷的病人。他強大的體力根本不需要我的助力。在我還沒有跟出車來之前，他已經一把扭住包太太手腕，把她扛在肩上，走到了醫院急診室大門。我必須快跑幾步才能幫他把門拉開，讓他進入。

他說：「好了！唐諾。你回去，在車上等我。」

我回到警車坐在右前座上。

十五分鐘後，一輛車急急地自街角轉進。在警車後停妥。我把車門打開，走出車子，向他走去。

不錯，是房吉明。

他抱歉地說：「我儘快趕來了。她在裡面，是嗎？」

我點點頭。

「要我等，還是——」

我說：「這裡什麼事都沒有了。吉明，有件事要你做。」

「什麼？」

「馬上開始。要快。有的藥房關門了，有的還開著。以白基地大廈為中心，找每一家還開著的藥房。告訴他們你要看購買有毒藥品登記，給我一張名單，在過去一個禮拜之內買過三氧化二砷的。」

「好。」他說。過了一會兒想起什麼似的問：「要不要先從阿丹街包家住宅附近開始？」

「絕對不要。第一，我想不會有什麼發現。第二，警方不會錯過這一點的。我要搶先一步。從白基地大廈附近開始，必要時不要怕花點小錢。」

「好，要我明天報告？」

「一小時之後，打電話回我辦公室。」我說。

「好，馬上去。你說只要砒霜，別的毒藥不管？」

「沒錯，只是砒霜。反正也沒時間管別的了。」

「其他毒老鼠的啦，含砒的啦？你知道有很多有砒——」

我告訴他：「我有一個感覺，我們在對付的是純玩意兒。我們時間不多，一定要超前一步，只查純的。」

「全聽你的。」他一面說，一面吃上排檔，原地一個迴轉，向商業區而去。

我又在宓善樓的車中等了另外無聊的二十分鐘。他出來說：「好了，唐諾，你可以走了。」

我說：「瞎說，你不可以放我鴿子，我要回我的車子那裡去。你應該送我回辦公室。」

「不行。」

「她怎麼樣？」

「還難說。」

「砒霜？」

「他們是以砒霜中毒在治她。洗胃，又灌了點含鐵的東西進去中和它。」

「她醒了？」

「你老問個沒完，累不累？」他說完便轉過他龐大的身軀，走進醫院。

我離開警車，走向最有希望找到計程車的方向。

第八章　真正的雇主

柯白莎仍在辦公室。我用鑰匙開門，走進接待室時，白莎已經把她私人辦公室門打開，如此我一進門她就能見到我。顯然怕我一頭鑽進我的辦公室，不告訴她最新發展似的。

「哈囉，唐諾。」她打招呼，語音愉快，順耳。這種聲音她只在兩種場合使用：不是怕別人就是想從別人處得到些東西。

「你好，白莎。」

「找到些什麼，好人？」

我說：「我們在一個浴室裡找到了包妲芬。她顯然是進去嘔吐，兩邊門都鎖上了，休克了，躺在地上昏了過去。」

「中毒？」

「絕對。」

「像她先生一樣？」

「看起來一樣。」

「坐下來，唐諾。來支菸。告訴我宓善樓怎麼樣，有沒有生我們的氣？」

「最好他少發神經。他的人整個屋子搜查過幾遍，還是我發現的病人。」

「怎麼會呢？」

「房間設計很怪。衣櫃太大了，除非特別注意，否則不太容易發現兩個房間當中還有一個浴室。是很容易錯過的。他們又忙著找毒藥，以為會找到一個糖罐裡放著整罐的砒霜。」

「假如包太太也中了毒，當然她和丈夫一樣都是受害者了。」

「這，就是宓警官耿耿於懷的了。」

「他會怎麼辦？」

「他不要我知道，所以趕我回來。」

「我們該怎麼辦？」

「不知我們能不能比警方搶先一步。」

「搶先什麼？」

「要能知道就好了。」我說。

「無論如何，我們在這件案子裡沒什麼顧慮了，是嗎？」

「毒藥是在我給包太太送去的鯷魚醬裡的。」

「你不會讓他們控訴你下的毒吧？」

「我不知道他們會控訴什麼？完全要看有多少毒量和他們調查的結果。假如每管鯷魚醬裡都有毒，我們就糟了。」

「怎麼會？」

「喔。他們會以為我為了生意，故意——」

「故意毒殺自己的客戶？」白莎問。

「故意給他們一點東西使他們不舒服。也許用量過多了一點。反正目前難說，總要多知道一點才能安心。」

「可以，不過不能再花錢了。」白莎冷冷的指示著。

「這件案子我們還是賺錢的呀！」

「像你這樣花法我們馬上不賺了。一元錢在你眼中不過是船大王的一分錢。我搞不清你為什麼就長不大。我——」

有人在敲辦公室大門，先是客氣有禮地敲，而後重重有節奏地敲著。

「老天，難得有機會和你好好地聊聊天。是不是又來了個平腳板的警察。」白莎生氣地說。

「你要和我聊什麼？」

「喔，聊事情。去，看看是什麼人？」

我走過接待室，把門打開。

蔡凱爾，鬍子才刮過，剛按摩過，衣服燙得筆挺，高興地笑著說：「你好，你好，是賴先生自己來開門。我來找你再談談買地的事，賴先生。」

「請進。」

「什麼人？」白莎問。

「一個想賣一塊地給我的人。」

白莎的坐椅神經質地吱嘎了一下：「叫他滾出去，可惡。我要正式和你談點事情，你總是找點理由——」

「請進，」我對蔡先生說，「我要你見見我的合夥人。」

「聽聲音一定是個和藹可親的女士。」蔡凱爾一面說，一面跟我走進白莎辦公室，向白莎有禮地微笑著。

白莎臉脹得紅紅的。她冷冷發光的小眼從頭到腳地看著蔡凱爾。

我說：「我尊敬的合夥人柯太太。白莎，這位是蔡凱爾。」

白莎說：「我管你什麼——」

「包啟樂的小舅子。」我繼續說。

白莎一句話沒說完便打住了。突然從辦公桌上方伸出一隻手給凱爾。

她逢迎地說：「地產生意，是嗎？蔡先生。我聽說最近很吃香。地產可能是最不怕通貨膨脹了。這年頭有錢還是買地最靠得住。」

凱爾和她握手。他說：「真高興見到你，柯太太。我自己的看法，笨蛋才在這時候想買房地產。不過人再笨，他們的鈔票不笨。柯太太，你對哪一類土地有興趣呢？」

白莎楞在那裡，舌頭一度轉不過來。她突然說：「你以為在跟什麼人講話？」

「當然，」凱爾繼續說，「假如你是喜歡聽假道學的人，用假道學的方法來討好你，我也會，柯太太。不過，你自己也在說房地產價值比較固定。有人喜歡金子，但是金子不會生利，金子只是財富，只是國家和國家間的金錢標準。有的地方，個人還不准有金子。

「土地就不同，柯太太。完全不同。土地本身可以生產，它也比黃金有價值。它可以完全被個人擁有。假如你——」

「你給我滾出去！」白莎向他喊叫道。

我抓住蔡先生的手說：「我只要你見見我的合夥人。我們到我辦公室去談談。」

「噢，這樣。」蔡說。他向白莎深深一鞠躬：「能見到你真是幸會，柯太太。這年頭很少能見到像你這樣直爽的女士了。」

「要是我真像你說的那樣直爽，」白莎說，「我早就把你耳朵叫聾了。」

「當然，」蔡先生說，「目前地價之所以會漲，是因為有人在炒地皮的關係。所以地價上漲實在和通貨膨脹沒有太大關係，也不成比例。老實說，也不過是一個市價，不是真正可以賣得出的價格。真正有一天通貨膨脹而引起地價漲價的話，柯太太，你會見到大大的出你意料的價格。無論哪一天你有空閑的話我再跟你聊。柯太太，真是高興能見到你。晚安。」

白莎說：「去你的。唐諾，我要見你，不要耽——」

「我想，蔡先生這次來主要是想雇用我們替他辦事。我知道房地產買賣對他來說只是個副業。」

白莎連吞了兩口口水，狠狠地瞥了我一眼，向蔡硬擠出一點笑容說：「你們去聊你們的，我這兩天情緒不好。」

「真的呀？」蔡問。那語氣很有教養，充滿了同情心。

白莎說：「真他媽一點不錯。但是我們講究效率。唐諾有頭腦。我是一個硬傢伙，什麼東西都擋不住我。假如你要我們調查——」

「讓我來和蔡先生談。白莎。」我托著他肘部說。

白莎做一個鬼臉，我和蔡走出她的辦公室，來到我的辦公室。

我把辦公室門關上，讓蔡坐下，我自己在辦公桌的一角上坐下。

蔡先生問：「發生了什麼狀況？」

「你看呢？」我問。

「我不知道，但是我想知道。」

我說：「城裡有好多家偵探社。我們並不是最好的。」

「接受我的聘請，你有顧忌嗎？」

我笑著說：「我猜你要用你姐夫的名義來聘請。」

蔡凱爾把他才修過指甲的手伸進上裝裡面口袋，拿出一個快被現鈔脹破的皮夾，說道：「我自己的名義，現鈔的名義，你是要替我工作，還是不要。」

我說：「還先要談一下。」

「你來講。」

「在你講清楚之前，我是一句也不會講的。」

蔡問：「你先要知道我的立場？」

「你是什麼立場？」

「亂七八糟一大堆，而我在正當中。」

「能多告訴我一點嗎？」

「我覺得你是知道的，是嗎？」

我搖搖頭。

蔡說：「我有一段時間，工作太艱難了。」

我沒有說話。

「我想那一段時間我心寒了，我怕工作了。」

「過敏了？」

蔡說：「也可以那樣說。但是我弄鈔票沒有困難。有的時候我缺點賭本。那是因為我喝了酒開始不用頭腦亂搞。」

我說：「這樣一定滿好玩——只是付所得稅的時候，要找筆錢困難一點。」

他向我笑笑，我也向他笑笑。

「吸菸？」我問他。

「謝謝。」

「我看看，這裡應該還有點酒。」我說。

「喔，不。我碰都不要碰。下次好了。」

「你好像把早上的運氣都彌補過來了。」我說。

「是的。」

「我看，我們至少讓它在身邊暖一夜吧。」

「不要管我，」蔡說，「我在摸索，應該用什麼步驟進行。」

「依我看來，把所有牌都攤明在桌上，可能是最好的步驟。」

他說：「是的，我也這樣想。但是那樣沒有個性，沒有技巧。」

蔡凱爾揮動他的手把辦公室的一切包括在他手勢範圍內。「這個地方要鈔票來維持，」他說，「佈置得不錯，傢俱實用，正合宜辦公室使用，沒有不需要的廢物。」

「所以又如何？」我問。

「所以你想要塊地產的時候，就有人會給你付錢。」

「那會太明顯了。」我說。

「本來就如此，是嗎？」他問。

「怎麼說？」

「是不是啟樂請了你們？」

我只是向他笑笑。

凱爾說：「我就怕最後一定要我自己用腦子來猜東猜西，做推理的遊戲，我不喜歡。」

「為什麼不喜歡？」

「喔，要集中精力，要絞盡腦汁。我寧可花力氣去挑選一匹獨贏的馬。現在我們來看，要用錢才能聘請你，對嗎。」

「這問題不必集中精力，也能知道。」

「好，我從最基本開始，要有錢才能請你辦事。已經有人請你偷偷辦事——不，我不喜歡『偷偷辦事』這四個字，因為你不會喜歡這幾個字。讓我們圓滑一點。有人出錢請你調查包啟樂的家居生活。請你的人不可能是妲芬，因為你請了一個人今天下午在跟蹤她。啟樂倒真需要一個偵探。不過他不見得有頭腦去請一個。當然，今天早上你在他辦公室胡搞一通——等一下，我懂了。」

「懂什麼？」

他微笑著說：「什麼都懂了。早上你不是在那裡胡搞一通。啟樂知道我早上要去他辦公室，他叫你去那裡的目的是可以遇到我。賴，你有沒有派人跟蹤我，看我從啟樂那裡拿到錢，做什麼去了？」

我只是微笑著。

「就是這樣，對嗎。」蔡凱爾思索地說。

「你有沒有什麼見不得人的事？」我問。

他說：「別傻了。誰沒有呢？你有，你合夥人有，大家都有。再說，我不喜歡別人管我私生活的閒事。啟樂是什麼意思，找把柄敲詐我？我可從來沒有勒索過他呀！」

我說：「假如你想用釣魚方法問點線索出來，你最好換一點新鮮的餌。」

電話鈴響了。我接電話，白莎也在接電話，我說，「我來接，白莎。我想這是我的電話。」

房吉明的聲音說：「哈囉，是的，賴先生。我是吉明。」

「是的，吉明。有結果嗎？」

房吉明說：「賴先生，也許我正好一頭撞進了你要的東西裡去了。我接的那個白班的老兄告訴我，白天包太太只出去了一次。就是去白基地大廈看桂喬治牙醫生，然後去買了點東西。」

「是的。」

「我現在在頂好藥房的公共電話亭裡，」吉明說，「我才看過他們的毒藥出售登記——」

「這是你去的第一家？」我問。

「不是，我已走過四、五家。這是——是第六家。」

「好，找到什麼了？」

房吉明說：「昨天下午兩點鐘，登記簿上寫著：三氧化砷。買主是一位護士，叫歐露絲，是那個牙醫生的護士。這是最近一週我唯一找到的純砒登記。這一家也是這附近最後一家還沒打烊的藥房。假如你——」

我說：「到我們辦公室來。能不能馬上到我們這裡來？」

「是的，當然。」

我說：「我對這件事十分有興趣，千萬不要把這件事告訴任何人。馬上過來。」

他說：「好，我馬上過去。」我聽到他把電話掛斷。

柯白莎，她在她辦公室也在聽這個電話，她說：「歐露絲是什麼人？」

我說：「不要提人名。」

「歐露絲跟你有關連嗎？」白莎問。

我說：「現在不是討論這件事的時間。」

「為什麼不是？喔，我懂了。好吧。」

我聽到白莎把電話掛上。

蔡凱爾對我：「很神秘，很好的櫥窗秀。」

「什麼？」

「那個神秘兮兮的電話。表示你們工作很忙，很有結果——是個蠻不錯的表演——我認為是你合夥人在她辦公室打給你的。她有客戶的時候，你就打過去表演一下，是嗎？」

「為什麼你這樣猜？」我問。

他懷疑地看著我說：「老天，不要告訴我這不是作戲。」

「為什麼？」

「聽起來太戲劇化了。」

「人生本來就像演戲。現實生活為什麼不能戲劇化呢？」

「只能漸進，不能太戲劇化。人生應該是單調的，應該是乏味的。大自然本來變化慢的。人的性格也不能很快改變的。拿你來說，別人以為你偵探行業多姿多彩，我相信你其實無聊得要命。」

「又釣魚？」

「沒有，只是閑談。」

「那就閑談吧。」

蔡凱爾靜思地笑著。「那個管家，」他說：「妲芬喜歡他能隨時在她身邊，把他當奴隸看。他不喜歡伺候人。他不在乎做司機，你知道為什麼嗎，賴？」

「我不知道。」我說。

「是妲芬強迫他這樣做，讓他做他不願做的事。她是隻貓，一隻大野貓，而他只是隻小老鼠。他迷戀她昏了頭，自己沒有辦法，只好任她擺佈。」

我說：「我以為你從不去他們家裡。」

他對著我看了很久，神秘地說：「我會把下蛋的鵝殺掉嗎？」

「你是在說那邊可以生金蛋出來？」

「還用我一件件仔細說嗎？」

「仔細說有幫助的。」

「幫助什麼？」

「幫助我。」

他說：「我相信你為了保護你真正的雇主，會把這件事推在我頭上。我相信付你錢叫你把一切告訴我是不可能的。賴先生，我讓你毫無顧忌地全力為你雇主做任何事。我只要你告訴我所有發現的事實，我要和你討論證據，我願付錢。可以不可以？」

「不可以。」

他說：「老天，你是那麼正派。」

我說：「我不能侍奉兩個主子呀。」

「你怎麼知道是兩個呢？」

「我不知道。」

他微笑著。

我聽到接待室大門有人敲門。我一伸腿站到地上，還沒有開辦公室門，白莎已經把大門打開。我聽到房吉明向她問好及問起我的聲音，然後是白莎喊我：「你要見的人。」

蔡說：「我要走了，我不過路過進來串門子。」

「哈囉，」房吉明從白莎肩後看到我打開辦公室門，「我可以等，沒關係。」

我說：「不要等，房先生。這裡來，見見蔡先生。」我又對蔡先生說：「這是房先生，幾分鐘之前打過電話來的偵探。你認為櫥窗秀的。」

「真的呀！」蔡回答。

房吉明說：「真的。」

我說：「我想你已經找到了我要的資料，房先生。暫時沒有要你幫忙的了。我馬上給你開支票。」

「沒關係，」房吉明說，「我會做好開支單，明天送來——」

「不，我現在給你開支票。」我說著把抽屜打開。

白莎說：「這那是做生意的方法，唐諾。為什麼不等明天他送明細表來，審核一下——」

「因為明天我可能不在這裡。」我簡短地說。

我把支票本握著一個角度。在一張空白支票上寫著。「我要你跟蹤這個人。先下去安排一下。」

我誇張地簽了一個字，用吸水紙吸乾墨水。把支票交給房吉明。

房吉明對支票瞥了一眼，我看到蔡在注意他的表情，但是房吉明看了上面的字，臉上一點表情也沒有。他把支票對摺，放入口袋：「謝謝，賴先生，任何時間你們有工作都可以找我。我會儘量配合，使你們滿意。」

「謝謝你，房先生。」我告訴他。

房吉明轉頭向蔡凱爾，好像純客套性地咕噥了兩句，走出門去。

蔡凱爾說：「我想你們是正經的做生意。看來那人真的打電話進來過。賴先生，他是不是在為這件案子工作？」

我很認真的說：「不是，是完全另外一件事。我們有一個客人想知道月亮中有沒有嫦娥，我們派這個人出去把月光黏在捕蠅紙上，送到檢驗室看看有沒有嫦蛾身上穿的尼龍絲在裡面。」

蔡假裝熱烈地和我討論道：「呀，想得真周到。我自己有時也有這個疑問。我告訴你一個秘訣，假如你把月光用捕蠅紙捉住了，你必須把捕蠅紙放在一個鋁盒裡，否則不可能檢驗出什麼來。」

我說：「這一點我們也想到了。盒子也準備好了。」

白莎說：「兩個無聊的瘋子。」

蔡說：「只是開開玩笑。賴先生和我彼此十分瞭解。是嗎，賴先生？」

「我希望，」我說，「你瞭解我。」

他說：「我瞭解，瞭解，完全瞭解。我看該說再見了。」

蔡向白莎深深一鞠躬，再和我握手。

「再見，」他說，「我想我很喜歡你們兩位。」

我們兩個看他走過接待室，走上走道時把大門關上。

「這傢伙想要什麼？」白莎問。

「他說是來談地產生意的。」

「嘿，他到底想要什麼？」

「我想他是來看看我們是不是仍在調查這件案子。還是因為包啟樂中毒，我們就中止了。」

「他為什麼要知道呢？」她問。

我拿起帽子說：「這一點我還沒時間研究。白莎，我還有事要做。」

「唐諾，你去哪裡？」

「出去。」

她站在那裡，臉孔泛紅，眼有怒意。我走出去，把門順手帶上。

第九章　真實的情況

正如我所料，力士溪路那棟公寓樓前門的鎖十分普通，不需什麼特殊枝巧，放得進鑰孔的鑰匙，都可以開得了門。我就這樣進門，爬上樓，走下走道，輕扣歐露絲的房門。

薄薄的公寓門後，我聽到有人移動的窸窣聲。但是無應門的反應。我又用指節輕輕地再敲一次。

「什麼人？」歐露絲在門裡問道。

「是為你的汽車。」

「你不是把它拖進車廠了嗎？」

我不說話。

她把門拉開一條縫。我看到一雙小心的眼睛，爾後整個臉變成驚奇：「噢，賴先生。」她說著開始把門打開，又突然停止。「我沒穿衣服。」

「那就穿吧。」

「不行，你為什麼還要回來？」

我說：「很重要。」

她猶豫了數秒鐘，一定把所有可能性都衡量了，才把門打開。她穿著睡衣，外面有件長袍罩著，腳上穿雙鑲毛的拖鞋。一份報紙在椅邊，當然她才坐在椅上臨睡看報。壁床已拉下來。整個房間已沒有太多空間。那燈下的椅子是唯一尚稱舒服的位置。其他可坐的都移至牆旁，把空位讓給從壁上拉下的床了。

她說：「怎麼回事？我以為車禍的事我們都講好了。有什麼困難嗎？」

「坐下來，露絲。我要和你談談。」

她看了我一眼，在床上坐了下來。

我把豎燈移開一點，在椅子上坐下：「你不喜歡那包太太——包妲芬，是嗎？」

「我說過嗎？」她反問我。

我說：「請你不要見怪，不要兜圈子，我要真實的情況。」

「做什麼？」

「因為非常重要，對你對我都重要。」

「想知道什麼？」

「你對包妲芬真正的感覺。」

「我恨她，我厭惡她，我憎恨她。我要告訴你一件實情，假如她先生出了什麼事，尤其是中毒的話，一定是她幹的。」

「誰？」

「她。」

「我想你不是因為特別恨她才這樣說吧，露絲？」

「不是。」

「你嫉妒她？」

「為什麼？你什麼意思？我為什麼嫉妒她？」

「因為你的老闆太照顧她了。」

「你以為我在愛桂喬治？」

「有沒有？」

「老天，沒有！」

「但是你還是在嫉妒她。」

她躊躇著，好像在自問良心，然後說：「要看你說嫉妒是什麼定義。假如你說她神氣活現地進出診所，完全忽視我的職權，答案是『是的』。假如因為桂醫生對她不錯，所以我要嫉妒，那就不是。」

「她有一種——診所是她的味道？」

「完全正確，她跑進來，把我甩在一邊，好像我完全沒有一點權力，不是辦公室的一分子。別人看起來我是她鞋底的一塊泥巴。萬一擋路，推開就行了。等候的病人都在睜眼看著，最令我生氣了。」

「生氣到跑出去買一點砒霜給她吃？」

「賴唐諾！你在說什麼？」

「我在說有人給了包妲芬很大劑量的砒霜。」

「你說她也中毒了？」

「是的。」

「包啟樂先生有沒有中毒？」

「有。」她看著我，我看著她。

「怎麼會這樣呢？」她問。

「是呀，怎麼會這樣呢？」我反問她。

「我？」

「你。」

「我什麼也不知道。」

「你沒有在他們食物中放砒霜？」

「你瘋啦？」

「你沒有用砒霜來做什麼事？」

「沒有，當然沒有。」

我說：「露絲，你注意聽。我一切都為你著想。我現在以朋友立場問你問題。假如警察來問問題的話，他們態度不會友善，問題也不一樣。」

「警察為什麼要問我問題？」

「因為，」我說，「你跑到藥房去買過砒霜。你買來幹什麼？講呀！快些回答這個問題。」

「我從來沒有買過砒霜呀！」

「登記簿上可有登記！」

「什麼地方？」

「頂好藥房。」

她搖搖頭：「不是砒霜。」

「你買的是什麼？」

「我為桂醫生買點他要的東西，用拉丁字寫的。」

「你還記得嗎？」

「我抄下了它的。我看——一定還在我皮包裡。」

我說：「我們來看一下。」

她在她皮包裡摸索一陣，拿出一張硬條，上寫：「ARSENI TRIOXIDUM」。

我說：「沒錯，這是砷化合物中最毒的一種。也是包先生、包太太中毒的毒藥，最可能是它混進了鯷魚醬。」

「但是——這不可能。」

「為什麼不可能呢？」

「毒藥不可能到別人手裡。至少我買的不可能到任何人手裡去。」

「為什麼呢？」

「因為，我回辦公室，告訴桂醫生我已經把他要的藥買回來了，他叫我放在檢驗室的架子上。那時他在忙一個病人。是個小紙包。」

「那是昨天？」

「是昨天上午。」

「你把紙包怎麼處理了？」

「我把它放在檢驗室架子上。」

「你把紙包拆封了？」

「沒有，沒有拆開紙包。我照原樣放在架子上。」

「之後呢？」

「我不知道——也許知道一點。我後來還見過一次，至少我認為還是那紙包。今晚我整理我自己東西的時候，我還見到一次，至少我認為是那一包，還在原位沒拆封。」

我笑著，搖搖頭。

「你什麼意思？」

我說：「一定是開過了。也許外面包裝照原樣包回去。但是裡面東西一定是取出來了。裡面東西放進了鯷魚醬，塗到了蘇打餅乾上面，給包先生、包太太吃下肚裡去了。明天警察會到全市的藥房去找三氧化砷的出售登記。他們也會找到你的名字。他們會知道你替桂醫生工作，桂醫生又和包太太混得不錯。你有理由恨她。你因為她而失業之後，當然更恨她了。此外你會面臨桂醫生否認請你買過毒藥，從來也不知道架子有那紙包。那就是你會面臨的。你再想想看，包先生和包太太怎麼會中毒的？」

她用悲觀、無助的眼光看著我：「我對這問題回答不出來。」

「再仔細想想。」

「我實在想不出來，我沒有答案。」

我說：「我倒有一個答案。」

「什麼答案？」她問。

我說：「給桂醫生當頭一擊。把他打成被告。告訴警察今天傍晚我們兩個在一起。你聽到我打電話回辦公室，知道了包啟樂中毒這件事。

「你要記住，不可以弄錯。你要裝著完全不知道他太太也中毒了，只是柯白莎在電話中喊叫的資料，只知道包啟樂中毒了。知道嗎？」

「是，我懂了。」

「記住，你要一切都說老實話。只是對我今晚第二次到這裡看你的事不要說出來。你最後見我，是我帶你回家，把你東西拿上來，留了點錢為了給你修車。懂了嗎？」

「是，懂了。」

「你打電話給警察總局，」我說，「你說要找一位知道包啟樂案子的人講話，誰都行，說你有消息要告訴他們。然後把一切告訴來接聽的人。」

「之後呢？」

「之後你掛上電話，不論做什麼，只是不要穿衣服。就像現在一樣，睡衣，罩袍，拖鞋。」

「為什麼？」

「因為你要使場面吻合一個大原則，你為什麼沒有一聽到包先生中毒，立即報警。因為那個時候你還沒有想到其中的關聯。後來你想到桂醫生實在有理由希望包啟樂離開這個世界。桂醫生對包太太有點超過一般醫生和病人的關係。你特別要注意，不能顯露對包太太的恨意，不能有自己感情的表露。唯一不滿的只是桂醫生開除你這件事。」

她點點頭。

我說：「你去買砒霜這件事，你上床時才想到。所以你想了一、二十分鐘，決定報警。」

她點點頭：「他們還會來看我？」

我說：「在你掛上電話後，他們的無線電巡邏車幾乎立即會到這裡。二、三分鐘都用不到。」

「之後呢？」

我說：「之後你告訴他們怎樣去買砒霜，醫生怎樣叫你放在架子上，你告訴他們相信紙包還沒有被拆開，但是你不能確定，你也不能確定最後一次見到紙包是什麼時候。但你想警察應該對這些事有所瞭解。」

「之後呢？」

我說：「之後他們會到桂醫生辦公室去。他們會找到那紙包。他們會找到桂醫生。桂醫生就必須忙於自衛。假如桂醫生說老實話，你就沒有事。假如他死咬著沒有叫你去買毒藥，不知道架子上有紙包這件事。警方就會對他懷疑，認為他在說謊，就會給他壓力，有可能案子就破了。懂嗎？」

她點點頭。

我說：「好了。把我這次的拜訪忘記了。給我五分鐘時間使我能離開這裡遠一點。記住，五分鐘之後才可以打電話。萬一正好在附近有巡邏車的話，電話早打了他們會遇上我的。」

她又點點頭。

我把我公寓地址和電話簿上沒有的電話號碼寫在一張紙上交給了她：「這是我的地址和電話。你有什麼困難，可以給我打電話，或過來看我。」

她點點頭。

我說：「好，我走了。」

她從床沿上站起，走到我旁邊，用平穩、自信的聲音說道：「是你故意把車撞上我的，是不是？」

我看著她坦白的眼睛說：「是的。」

「我就這麼想。所以你要付這筆錢，是嗎？」

「是的。」

「你不會自己掏鈔票吧？你會請客戶開支這筆錢？」

「是的。」

「這樣好一些。」過了一會兒，她又說：「現在你為什麼要來警告我呢？」

「因為我喜歡你。我認為桂醫生也許是狡猾的傢伙。我不想讓你受到傷害。」

我看到她眼睛因為感動而閃光。突然，她伸出雙臂，把我脖頸一抱，把嘴唇壓到我唇上。我感到她嘴唇的溫潤，觸到她薄睡衣裡溫熱的軀體，聞到她的髮香。

她只稍稍吻了我一下，就把我推開。

我站前一步。

「到此為止，唐諾，」她說，「現在有事要辦。再見。」

我轉身，向門口走去，我說：「這帖藥很夠勁。」

「謝謝你。唐諾。」還是那樣有信心的聲音。

「謝謝『你』。」我告訴她。打開門，走下樓，爬進公司車。

第十章　買地合同

西斜坡道，新社區開發中心頭子包啟樂的辦公室，八時正開了門。

我知道，那是因為我從清晨七點就開始坐在車中注意動靜了。

開門的是瘦削而文靜的小姐，也就是昨天我來的時候在打字的那位小姐。

我給她兩分鐘，讓她把帽子拿掉，把打字機罩子取下，再補一下臉上的化妝。然後我打開大門走了進去。

從她對付那架打字機的樣子，好像她準備立即工作，沒有什麼喝點茶、看看報這一類前奏曲。

我走進去的時候，她把頭抬起：「早安。」

「哈囉，包先生在嗎？」我問。

「不在，包先生九點半以前不會來的。」

「他的秘書——她姓什麼來著？」

「華小姐。」

「在嗎？」

「她九點鐘上班。」

「推銷員呢？」

她說：「目前都不在，但他們都依規定八點到八點半之間一定到。」

我看看錶說：「可惜我不能等。」

「有沒有我可以幫你辦的事？」

「我要買一塊地。」

「昨天你來過，是嗎？」

「是的。」

「你好像和蔡先生一起出去的。」

「沒有錯。」

「那你已經決定要買哪一塊地了？」

「還沒有。」

「怎麼會呢？」

我說：「蔡先生對這些土地的說法比較不平常，而且想法蠻特別的。」

「是的，」她澀澀地說，「可以想像得到。」

「我姓賴。」我說，「賴唐諾。」

她說：「我是尹瑪莉。也許你想看看地圖。你既然已經實地看過，也許我可以在地圖上再告訴你一點資料。」

「好，」我說，「我們來看看。」

她把打字椅推離桌子。走向一個架子，拿出一張地圖平鋪在櫃檯上。

她說：「假如，賴先生，你想知道選擇新社區要注意些什麼的話。我一定儘可能將我知道的告訴你。」

我說：「我會非常感謝你的好意。」

她拿支鉛筆沿新社區四周虛劃一個弧說：「說起來也許是理論性的，但是我認為要賣一塊地給顧客，一定要雙方都完全真正滿意才算是成功的買賣。」

「很有道理。」我說。

她向我看了一下，看不到什麼表情。

她說：「你自圖上可以看到，視線好的地段，總是儘量劃成小一點，一塊一塊的，容易賣出去，也給人較多的選擇。」

「當然。」我說。

「地產商也認為這樣可以多賺點錢。但是我發現，買地的時候看起來這樣大小的地足夠造房子和車庫，而將來在設計車庫的進路的時候就發生困難了。

「當然你也會發現，這些視野廣的地方都是陡坡的地方。在造房子的時候有不少建築上的困難。房子的後半部會一層高於一層。要是考慮設個車庫在後面，問題更大。不是要把車庫放在房子前面，就是車子要開上極陡的斜坡才能進車庫。這種車道是危險、不方便、永遠不滿意的。」

我緩慢地點點頭。

她說：「依我的經驗看來。在這種高低不平的新社區要選一塊地的話，第一要選合理的坡斜度。看好將來哪些房間造前面，哪些房間在稍高的後面，而對車庫的位置要首先注意到。購地的人被預先告知了這些因素，他會在將來沒有後悔。再說你不把視線作為第一考慮因素之後，在價格上就可以合理得多了。

「當一個新社區才被推出的時候，大家會來參觀，看新開的道路和欣賞風景。風景固屬重要，但是一旦定居，舒服、方便、稱心才更重要。不知你認為如何，賴先生。」

我說：「尹小姐，你是個老實人。我不是故意這樣。」

「故意怎麼樣？」

我說：「我是個偵探。包啟樂和他的太太昨晚被人下了毒。我是來對他的工作做一番瞭解的。我想可以從你這裡知道得比誰都多。所以我用了剛才這種方式開始。」

她看著我，一點也沒有驚奇的表情，但是有一點受傷害的感覺在她眼中：「這樣公平嗎？」

「不。」我說。

她把地圖捲起，放回架上，說：「至少我很高興，你還是告訴我老實話了。」

我說：「你把地圖收得太早了。我想付點定金買塊土地。」

「哪一塊？」

「隨便你選中的任何一塊。」

「這也是為了便於調查嗎？」她問。

我從口袋中拿出皮夾說：「我大概只有一百五十元，一百元可不可以做一塊地的定金？」

「一百元可以把一塊地保留到你來付第一期付款為止。我們分三次付款。」

「像你剛才建議的那種土地，一塊要多少錢？」

「我建議你買兩千五百元左右一塊的地。」

「一百元定金可以留到我付頭期款？」

「是的。」

「給我弄張合同。」我說。同時把五張二十元鈔票放在櫃檯上。

「哪一塊地？」

「由你幫我選好了。」

「賴先生，你這樣做，是不是只為了做個好人？」

我說：「我本來想你會把推銷的老套搬出來，甜言蜜語，只要做成生意就成。那樣我就東說西說的套你一點消息。」

「而你改變主意了？」

「是你讓我改變主意的。我覺得聽從你的建議來選擇，我一定會買到貨真價實的理想土地。」

她又把地圖鋪到櫃檯上。看了二、三塊地的地號，走到檔案櫃去取參考資料。走回來在一塊地上用紅筆畫了一個圈，說：「我認為這一塊地不錯。」

「什麼價格？」

「兩千七百五十元。」她說。

「弄張合同，我現在就簽字。」

她走回打字機，把本來在打的紙抽掉，捲了一份合同到打字機上，用很有信心的手打上所要的一切資料。她又小心地回來，在地圖上再對了一次地號，確認不會弄錯。她說：「你可以看到，這合同包啟樂先生已經簽過字。賴先生，假如你在這個地方簽字的話，我就給你一張一百元的收據。」

我簽了這份合同。

她走回打字機，打了一張一百元定金的收據，由她自己簽字，上面冠以包啟樂的大名。她把收據交我收執。

「賴先生，假如我不親自認為這是一塊好地，我不會請你買下。請你相信我，即使是純投資，這也是值得的。」

「我完全相信你。另外，在不違背你對老闆忠誠的情況下，你能不能給我一點消息？」

「我對老闆的忠心是盡一切能力使這裡的行政上軌道及檔案整齊無短缺。」

「華小姐做些什麼？」

「華小姐是包先生的私人秘書。」

「她管的也是這個新社區嗎？」

「可以這樣說，是的。」

「他的私人函件？」

「是的。」

「她跟包先生多久了？」

「大概三個月。」

「你呢？」

「十二年。」

「你對業務一定十分精通。」

「那當然。」

我說：「假如這問題比較不敬的話，請你能原諒。她現在這個包先生私人秘書職位，不是比你的職位重要，報酬也多嗎？」

她平靜地看著我，然後答道：「是的。」

「你一定認識第一位包太太？」

「是的。」

「你當然也認識蔡先生。」

「是的。」

「我想你恨他？」

「不會。」

「華小姐恨他？」

「我知道。」

「他是不是過不多久就來咬包啟樂一口？」

「是的。」

「但是你不恨他？」

「不恨他。」

「為什麼？」

「因為，第一，蔡先生不是表面上那種人。他根本不是週期性的酒鬼，那只是假裝的。他來這裡要錢的時候，也不是沒有錢花了。我認為他這樣做是在刺激包先生，看他精神會不會崩潰。」

「為什麼呢？」

「那我就不知道了。」

「那麼他是在玩深一層的遊戲？」

「我不知道，老實說，賴先生，我倒希望你能弄清楚。」

「弄清楚什麼呢？」

「譬如為什麼蔡先生請人化驗人的頭髮？」

「他這樣做了？」

「是的。」

「你怎麼知道？」

「因為他從這辦公室裡寫的信。他說要一個商業地址。」

「什麼樣的信？」

「一封給化學分析偵詢公司的信。」

「你看到那封信了？」

「沒有，我不知道內容。我只知道他在包先生離開這裡去度蜜月的時候，寄了這封信。回信來的時候，包先生已經回來。一個包先生的秘書那時負責替包先生拆一切的信件。她沒有注意這是寄給蔡先生的信，但是已拆了開來。她一看內容，是人的頭髮的化學分析報告。再看信封，原來是寄給蔡先生的。」

「蔡先生發現他的信被別人拆看，有沒有生氣？」

「他很不高興。」

「包先生結第二次婚多久了？」

她說：「你查一下人口移動登記就知道了。」

「既然查一下就可以得知，」我說，「告訴我又何妨？」

「兩年多，我想正好兩年半。」

「包先生的秘書有沒有告訴包先生那封信的事——那封誤拆的信。」

「我不知道。」

「第一任包太太是不是死得很突然？」

「她突然得病。開始痊癒了，但兩個星期後又突然復發。」

「死亡原因呢？」

「一種急性腸胃疾病。」

「食物中毒？」

「我不知道，包先生說是急性腸胃疾病。很嚴重的。」

「有沒有解剖屍體？」

「我知道有一位負責的醫生。有了醫生的死亡證明書，大概就可免做屍體解剖了。」

「不錯，你可知屍體是火化了還是埋葬了？」

「火化了。」

「骨灰呢？」

「自空中撒在他們一所別墅的山後了。第一任包太太熱愛大自然，尤其愛山。她愛鳥類，還是個專家呢。」

「噢，她還不是純粹的家庭主婦，還不是只會吃吃玩玩的。」

「不是。」

「為了這個新社區，包先生很忙？」

「是的。」

「第一任包太太就常在那所別墅裡忙她的鳥？」

「是的。」

「他們生活離多聚少？」

「是的。」

「華小姐是介紹所介紹來的，還是包先生先認識後聘用的？」

「他先認識她，再聘她來幫忙的。」

「多久？」

「大概兩個禮拜。」

「偶然碰到？還是她來找工作？」

「偶然碰到。」

「你受到這種不平等的待遇，為什麼仍在這裡工作？」

「這是私事了，賴先生？」

「是的，這是私人之間的問題。」

「我不回答這個問題。」

「華小姐是不是特別能幹？」

她突然說：「華小姐有個漂亮的體型，尤其是穿了緊身毛衣更是美麗。她有曲線。她有全世界的自信和大膽，但是她對做房地產生意啥也不懂，再說也永遠學不會。因為我懂，而她不懂，所以她總要裝模作樣，盛氣凌人。但是她又離不開我，總要我做她的事——不是求我幫她，而是用她的權力命令，說是分配工作給我做。」

突然尹瑪莉開始哭泣。我手伸過櫃檯在她肩上輕拍著：「但是你還是幫她把事情都做了？」

她一面飲泣，一面點著頭。

「你為什麼不故意做錯一點什麼，讓她吃不完兜著走呢？」

她走到她辦公桌，打開一個抽屜，拿出一張紙巾擦著眼淚，又擤擤鼻子，把紙巾拋在廢紙簍裡。

她說：「我不能這樣做。第一，華小姐有辦法說謊脫罪。但是我在這裡是替包先生服務的。我儘量把他的事做好，他付我薪水，我把他的一切事做好。我想我已經——已經跟你說——說得太多了。」她又開始哭泣。

我問：「蔡先生送出去化學分析的頭髮，是不是他姐姐的頭髮？」

「不，我不認為如此。這是他姐姐死後六個月之後的事。無論如何是一小撮頭髮，只是一小撮——像髮刷上的。喔，我有點昏頭了，我說太多了。」

「都說出來對你有好處。」我告訴她。

我看向窗外說：「看來有一個推銷員來了。你去洗洗手，弄點冷水在眼上，回來時一切都過去了。」

她急急看我一眼說道：「我不知道今天為什麼這樣沉不住氣。我覺得你相當有辦法。你看起來很可靠。」

「是的。」

她說：「我今天早上很神經質。我很不舒服。」

「你聽到包先生的事了？」

「是的。」

「他今天早上如何？你知道嗎？」

「好多了。已經好多了。」

「包太太如何呢？」

「我沒有問。老天，她也病了？」

「是的，她也中毒了。」

「食物中毒？」

「砒霜中毒。」

「噢，我就怕是這樣。」

「怕怎樣？」

「中毒。我一直認為有人想要毒——包太太。」

「為什麼？」

「只是我的一種感覺。」

「但是你沒有感覺到包先生會有人要毒他。」

「沒有，只是包太太。」

「為什麼？」

「喔——她對待人的方法。」

我說：「好，快去洗洗手，弄點冷水在眼上。」

但是，從那輛爬上山坡後停在辦事處前面的車裡出來的，不是推銷員，而是華素素小姐。

她一陣風似地走進來。看到我，給我一個甜美的笑容：「喔，賴先生早，你來了。」

我點點頭。

她瞥一眼尹瑪莉的桌子，奇怪地說：「老天，這女孩子還沒有來呀？」

我說：「喔！來了。她在這裡——這不是來了嗎？」

尹瑪莉自洗手間出來說：「早安，華小姐。」自顧走向打字機。

「你想要什麼嗎？」華素素問我。

我說：「是的。我是來買地的。」

「噢，你看到了你想要的地了。」

我說：「尹小姐已幫我辦好了。」

「你說你簽了合同了？」

「是的。」

「讓我來看看。」

我把口袋中合同的副本拿給她。

她說：「嗯，這一塊。第七區，第十號。尹小姐，你弄清楚這一塊沒有出售過嗎？」

「絕對沒有。」她一面說，一面在把紙捲進打字機。「我查過檔案了。」

華素素說：「能不能讓我看一下你的合同和收據，我要核對一下，以免弄錯。」

我把合同和收據一起交給她。她給我一個笑，幾乎有如給我一個吻。

她走進了包先生的私人辦公室。

尹瑪莉自打字機抬頭向我看，眼淚在眼眶轉：「請你不要買其他的地。賴先生。」

我問：「其他的地？我為什麼要買其他的地？」

「除了這一塊之外，」她說，「你看不出她想幹什麼嗎？她——」

華素素自辦公室出來。她說：「在包先生桌上有一個私人備忘錄，尹小姐。這一塊地不能出售。」

她走到櫃檯旁，拿出地圖，再給我一個笑：「對不起，賴先生，我對發生的事十分抱歉。尹小姐給你的這塊地是非賣品。由於使你失望了，我告訴你怎樣可以補償你。」

她看著地圖，眼睛、鼻子、臀部都會說話。「我們這裡有一塊地，比你選的定價要高出七百五十元錢。當然也比你選的要好得多。但由於你已經付了一部分定金在那塊我們員工弄錯的地上，我要把這一塊完全依照那一塊一樣的價格賣給你。」

她拿出一本收據簿說：「我給你重新開張收據，一百元定金在那塊地上。」她對尹瑪莉說：「尹小姐，做張合同，賴先生，地區三，第十九號地。價錢要完全依照本來選的一塊給他，使他大大占點使宜。」

有一段時間的靜默。然後尹瑪莉給我一個絕望的一瞥，拿起印好的空白合同，捲進她的打字機。

我搖搖頭：「華小姐，我不要這一塊地。我要我原本簽好合同的那塊地。」

「對不起，賴先生，那塊地現在沒有辦法賣給你。」

我說：「我付了款，訂了契約，又怎能可以不賣了？」

「但是，賴先生。你能瞭解，我給你選的絕對比那塊地好得多。地勢要高一點，遠景更好——」

我說：「我買的那一塊不行的話，就哪一塊都不要。」

她說：「那就產生很多麻煩了，賴先生。我——」

「我也抱歉，不過那是我親手所選的地。」

她說：「那我要打電話問問包先生，這塊地到底有什麼情況。備忘錄只說暫時停止出售。」

「那是你的事。」

她的語音如冰：「好，我來給包先生打電話。」她又走進包先生的辦公室。

尹瑪莉感激地看著我。

「怎麼回事？」

「根本沒有什麼備忘錄，」她說，「我就知道她要搞點鬼。」

「為什麼？」

「因為這樣她會給你個新合同，新收據。算是她的推銷成績。她會把我給你的合同撕掉，照記錄看，也是她的績效。」

「你認為她做作了那麼許多，只為了賣出一塊地的績效？」

「還有一個效果——使我失去賣出一塊地的績效。」

我笑笑，再給她一個保證：「放心，我會堅持到底。」

她一下子講不出話來，揮手向我做了個飛吻。

這本來是一個常見的不出聲的感激表示，但是給她做得有點笨手笨腳，想來她連飛吻都不太有機會給別人。

私人辦公室門打開。華素素出來冷冷地說：「好了，我都弄好了。賴先生。我一定要給包先生打電話，讓他親自解禁。不過你可以買你選的那塊地了。」

我伸手要收據和合同。她自櫃檯把這些推過來，好像我有口臭，狐臭，又剛吃過大蒜似的。

「你和包先生在電話上談過了？」我問。

她點點頭。

「他今天早上好嗎？」

「很好。」她冷冷地說。

我說：「那真太好了。我最後知道的時候他還生死未卜呢。」

「怎麼說？」她突然問。

我說：「昨天晚上他給人下了毒，你不知道？」

我注意到她臉上血色突然消失。她的手緊抓櫃檯邊緣，以支持體重，我以為她膝蓋會垮下來，但她還是控制住了自己。她問：「你說是包先生，不是包太太？」

「他們兩個。」我說。

「你確定？」

「是的。」

「謝謝你。」

她說，轉身走向包先生的私人辦公室，打開門，走了進去。

我把合同摺成對摺，放進口袋。臨出門沒有忘記給坐在打字機前的女郎一個飛吻。

第十一章 鑽進吊人結

九點二十分我來到辦公室，向接待室的女郎點點頭，走進我自己的私人辦公室。

房吉明坐在裡面和卜愛茜在聊天。

愛茜說：「房先生要見你。我想你不會喜歡讓他在接待室等。宓警官曾用電話和白莎談過，我怕他隨時會來。」

「好孩子。」

我說完這話後，問房吉明：「房，有什麼新消息？」

房吉明說：「你叫我跟蹤那個人，我就照辦。」

「他知道嗎？」

「不知道，他自己有一肚子困擾在。」

「那好。我以為不容易跟蹤他。他去哪裡了？」

「他去白基地大廈。」

我吹了一個口哨。

「他乘電梯上樓，」房吉明說，「看他好像不會一下就出來，我把車停好。也走到電梯說要去六樓。那裡值夜班的要我到角上進出簿去簽名，又問我上六樓去看什麼人。」

「你怎麼說？」我問。

「我說我要去看桂醫生，有顆牙齒不好。他說桂醫生不在。我說我有個特約，桂醫生一定會來看我的。值班的說，桂醫生不在上面，所以上去也沒有用。他在和我爭的時候，我看一眼進出簿。最後一行上寫著『阿爾發投資公司，蔡』。」

「然後呢？」我催著問。

「我假裝被夜班說動了。告訴他我到外面去等一下，看看桂醫生會不會來。我走過去看看大廈用戶公告的牌子。阿爾發投資公司有一間辦公室在六一〇，桂醫生的是六九五。這些資料不知道對你有沒有用？」

我說：「我也不知道。那之後呢？」

「我就在外面坐在汽車裡，過了一會，一個女郎進去。那女郎沒有簽進出簿。我不知道為什麼，我只知道她沒有簽，我又不能去問，一問一定會引起夜班人的懷疑。我想他要是懷疑了，一定會通知所有的住戶，有私家偵探在附近活動。」

我點點頭。

「所以，」房吉明說，「我只好坐定在車裡等。才不過一、二分鐘女郎就出來了。她一出來，蔡凱爾馬上跟在她後面。女郎有計程車候著。她坐上計程車，我看到蔡凱爾在跟蹤她。」

「你有沒有跟蹤他們？」

「有。」

「去了哪裡？」

「聯合車站。」

「之後呢？」

「之後女的付了計程車費叫車走。她走進車站。蔡停了車跟進去。我冒個險，就把引擎開著人離開了車子。女郎進去，投了一毛硬幣在自動存行李的櫃子，打開櫃門，放了一件東西進去，把櫃門關上，鎖起，把鑰匙取出，走出車站，搭了部公共汽車離開了。」

「蔡凱爾呢？」

「蔡好像對她已沒有興趣了。開自己的車子走了。」

房吉明打開他皮夾，拿出一張紅單子說：「我被捉住了，不熄火離開車子。可以報公賬嗎？」

我說：「當然，不要掛在心上。由我們處理。」

「謝謝，只希望對你有點幫助。」

「會的，沒問題。」

房說：「好。這傢伙頭也不回一路開回金手臂公寓。他住那裡。我查過，沒有錯，他的名字在信箱上，蔡凱爾，二三一室。」

電話響起。

卜愛茜在接聽之前先對我說：「有個年輕女人找你好幾次了。不肯報名字，也不肯留電話號碼，只說會再打來。所以每過十來分鐘打電話找你一次。可能是她，要不要和她講話？」

我說：「好，讓我來接聽。」回頭對房吉明說：「那個女郎——蔡在跟蹤的女郎，是什麼長相？」

房說：「乾淨整齊。灰套裝，紅頭髮，她——」

卜愛茜一面聽著電話，一面給我做了個姿態，對電話說：「等一下，賴先生可以和你立即講話。」我指示愛茜拖延一點時間，對房吉明說：「大概五尺三，一百一十磅左右。灰套裝，深茶色長襪，藍鞋，紅髮——」

「是她。」

我拿起電話說：「哈囉。」

歐露絲聽到我的聲音，好像一切都解除緊張似的說：「喔，唐諾。真高興終於找到你了。我就怕你早上不會回辦公室。我從早上輪流打電話到你公寓和辦公室。」

「我出去了一會兒，有什麼事？」

「我要和你說話。」

「昨晚上你有沒有照我告訴你的辦事？」

她說：「這就是我要和你談的。」

「現在談。」

「電話裡？」

「是的。不要——」

私人辦公室的門一下被推開。宓善樓警官沒有敲門就晃著他巨大身軀走了進來，帽子推在腦後，一支濕濕沒有點火的雪茄咬在牙齒間，臉上帶著友善、自然的微笑。

他地動山搖地說：「不要緊，唐諾。不要因為我，打擾了你任何事。你打你的電話，白莎說你在辦公室裡。我只要問你一、二個小問題。」

我對電話說：「只要告訴我重點，不必講太仔細，我正在忙一件事。」

「是不是有人剛進來。唐諾？我以為我聽到——」

「是的，講呀。」

宓善樓一下子坐在我辦公桌邊緣上說：「哈囉，房吉明，你今天可好？」

「馬馬虎虎。」房吉明說。

「請你們閉嘴。」我說：「我在和小鳥講話。」

「你的小鳥有男朋友嗎？」宓善樓問。

「我怎麼知道？不問她就不可能曉得。你們兩位要聊天的話，我一輩子也聽不到她說什麼。」

宓善樓舉起一隻腿，把鞋跟放桌緣上，用兩隻手抱著小腿，笑著對房吉明說：「老套，裝著很重要。多半是銀行打電話來，問他為什麼空頭了五元二毛錢。」

我對露絲說：「說。告訴我。」

她說：「有關昨天我們討論的紙包。」

「是的。」

「我仔細回想，也許根本沒有——你知道，根本沒有被用過。而我現在還有辦公室鑰匙——我本來準備寄還給——你知道什麼人的。」

「講下去。」

她說：「所以。為了免得引起這麼多困擾，我又回到辦公室，拿到了紙包，把它放在一個絕對安全的地方。我要拿回來就隨時可以拿回來。」

我說：「你這個小笨蛋，你把自己頭正好鑽進吊人結裡去了。」

「不會，不會，唐諾。不要誤解我。我做這件事的時候，曾經仔細地看過，這包東西絕對沒有被打開過，就像我買回來那天一樣。任何事只要一發生，我就拿出來，給他們看——證明沒有用過，根本沒有用過。我就完全沒有事了。我隨時可以出示，紙包都沒開過，從藥房出來原樣沒有動過。我覺得這是預防任何人問我任何問題，最好對付的辦法。而且我把它藏在一個絕對沒有人會知道的地方。除非我肯說出來，誰也找不到。」

我說：「我現在不能和你討論。你聽著，昨晚上我給過你一個地址。」

「一個地址？」

「是的。」

「怎麼，我不記得——」

「我告訴你，你肯定有——」

「是的，我記起來了。」

「去那裡。」

「你要我——」

「去那裡。」

「好的，唐諾。」

我說：「立即。不要帶任何東西，懂了嗎？」

「是的。」

「那就好。」

她說：「謝謝，唐諾。我們那邊見，再見。」

她掛上電話，我仍對著空電話說：「最大困難是他有三個證人而你只有一個。是的，他有三個——他自己一個，另外兩個和他一起在車裡的——當然他會。這種十字路口的車禍案子千篇一律都這樣。路權，有的時候啥也不值。右邊的人說他有路權。另一個說他已經在交叉道中心而對面的車瘋狂地超速。你再到那地址看一下……我知道，所有證人都已經走了。但是有人就住在那附近。有的店開在那裡，他們不會走。你先去忙起來。」

我停下來，好像在聽對方講話，又說：「千萬不要讓任何人知道，事實上你沒有太多的證人——我現在太忙。再見。」

我把電話掛上，對愛茜說：「愛茜，這一類電話再也不要接過來。以後先要問清楚對方是——」

愛茜說：「對不起，我以為是那個捲款潛逃案的女人。」

「不是的，」我告訴她，「是那個十字路口車禍的討厭鬼。」

宓善樓顯得出奇的天真，出奇的不在意。

「唐諾，有什麼新鮮事嗎？」

我說：「沒有什麼。我不太舒服。」

「怎麼啦？」

「昨晚沒睡好。」

「罪惡感？」

我搖搖我的頭說：「牙齒痛。」

「太糟了，為什麼不去看牙醫生？」

「我馬上要去，先到辦公室來轉一轉。」

他說：「真太糟了。牙痛不是病，痛起來要人命。」

「包先生和包太太怎麼樣了。」我隨意地問道。

「最後消息包太太仍舊昏迷不醒，包先生倒好起來了。看來餅乾和鯷魚醬是毒物來源已沒有問題。奇怪的是，所有管子中的鯷魚醬都沒有毒。一定是魚醬加在餅乾上之後，有人把毒藥撒上去的。」

「你猜是什麼時候呢？」

「我們不知道，包太太親自準備的小點心。她現在仍處昏迷之中，又不能問她。女傭說廚子進來時見到太太正在準備小點心。在一個盤上大概有十幾塊小、脆、方的蘇打餅乾。廚子就接手過來把鯷魚醬擠上餅乾，上尖下大旋轉型的一撮。」

「做好了又過了多久才送出來吃呢？」

宓善樓說：「難處就在這裡。啟樂回家晚了一點，廚子把小點心放在配膳走道裡備用。那兒也是食物暫置及放餐具的地方。包太太告訴廚子——女的，他們要出去吃飯，所以廚子就沒再管這件事。」

「餅乾在配膳間多久？」

「少則十五分鐘，多則半個小時。」

「之後呢？」

「之後包先生回家了。管家把盤子端出來。包先生自己配雞尾酒。包太太請他嘗餅乾。他也說他很喜歡。他的情緒好像是最近幾天來最好的。」

「管家有問題嗎？」

「不必操心，我們對每一個人都仔細查過。我們也查過包太太的秘書。」

我說：「今天下午你怕要忙死了。」

「也許。你認為蔡先生如何？」

「他怎麼樣？」

「有一點玩世不恭，是嗎？」

「我不敢批評，對他瞭解不深。」我說。

「他好像有一點在壓榨包啟樂。」

「假如真有其事，」我說，「他總不至於把生金蛋的雞毒殺了吧。」

宓善樓說：「我們也想到了這件事。他的目標也許是包太太。」

我說：「毒藥假如在餅乾及鯷魚醬上，就不易控制。」

「何以見得？」

「沒有人能控制哪一個人會選哪一塊吃，或是吃幾塊。假如包啟樂太餓了，吃了半打，而他太太只吃了一塊。包先生會死翹翹，包太太只是肚子痛一陣而已。」

宓善樓說：「我們對這問題也曾一再研究。我認為你也許可以幫忙一、二。」

「怎麼會？」

宓善樓說：「你有不少天才腦筋，唐諾。假如你要想毒殺一個人，舉例說想毒殺一個先生而不毒到他太太，你想利用餅乾……」

我對他說：「滾你的蛋！我在牙痛。他們中了多少毒？」

「很明顯的，多到可以殺掉一匹馬。假如不是韓佳洛小姐一下說出是砷中毒，醫生可能無法救得活包啟樂。多虧提早對症下藥，才把他從鬼門關拖了回來。

「至於包太太，因為她自己把自己鎖在浴室裡，所以情況就複雜得多。她弄了一大批砒霜進肚子去。下毒的人是下足了量的。」

我說：「我也在猛想。要是有一得之愚，一定馬上奉告。現在我要去看牙齒了。」

宓善樓把腳自辦公桌上滑下，他說：「祝你好運，想到什麼，不要忘了告訴我。」

我向房吉明點點頭，對愛茜說：「我去看看牙醫生對我這顆牙齒怎麼說。」

第十二章　馬賽預測

桂醫生的辦公室是在六樓。亮著燈光的走道上兩扇門都配有磨砂玻璃。金色字體寫著：「桂喬治，牙醫師」。另有一行字在左下方：「必須預約」。

我推開門進入小房間。鴿籠一樣的小房間有一張柳條編的長椅，一張小桌，兩把直椅，一個網籃裡都是捲了角的舊畫報。一側牆上有面鏡子，鏡子邊上有扇半開著的門。

我進門的時候，內辦公室裡什麼地方響起蜂鳴聲。一個男人的聲音說：「進來。」

我走進開著的門來到一個小通道。通道底的房間裡有一位女士斜臥在倒下的牙科椅上，她嘴巴張得大大的。

桂醫生，高而瘦，正彎腰用個牙科用反射鏡在她口中檢查。

他有點不耐地看向我，我問：「你叫我進來？」

他站直，用生氣的語氣說：「我的護士不幹了。昨晚說走就走，連提前十分鐘通知都沒有。今天我只好一個人維持一下，真是一團糟。你是誰？要幹什麼？」

我說：「我姓賴。我要登記一下，看顆牙齒。假如可能我還希望整個牙齒給檢查一下。我——」

他說：「請到外面去坐一下。我五分鐘之後見你。我這位病人快弄好了。」

我走回接待室，坐下來等著。

三分鐘後，剛才在牙椅上的女士出來。看她身材瘦長，三十歲左右，左手上戴一個訂婚戒指，上面的鑽石閃閃發光。她禮貌性地笑一笑，算是略打招呼，步出門去。

我能聽到桂醫生在裡面的洗手聲。

從我坐的地方，我能見到通走道的門上有一個黑影。一個男人站在門外，可能是鼓足勇氣才能進來，也可能站著聽聽裡面有什麼動靜。

桂醫生站在門口，上身穿的是短袖工作服。手上還有加過香料的消毒藥水味。

他說：「好了，年輕人。我們來看看你需要什麼？」

通走道的門打開，蜂鳴聲再度響起，桂醫生抬頭看向進來的人，把雙眉蹙在一起。

站在入口處的是蔡凱爾。

桂醫生說：「哈囉。」

「哈囉。」蔡凱爾說。突然發現坐著的是我，驚奇地說：「呀！原來是賴唐諾！早上好，賴先生？」

「不太好。」我說。

蔡凱爾過來，我們握手。

桂醫生站過一旁，等我進他的工作室，小心地看著蔡凱爾。

蔡說：「對他要手巧一點，桂醫生。有一流私家偵探光臨做病人，可見你業務不錯。」

桂醫生僵直地站立原地。

蔡凱爾繼續對桂醫生說：「你有空時我有話要和你說。」

桂醫生臉白如紙，一點表情也沒有，對他說：「坐這裡等，我一會兒就有空。」

又轉向我：「你叫什麼名字？」

「賴唐諾。」

「你的地址？」

我給他一張我的名片。「柯賴二氏，」我說，「我們是私家偵探社。」

「喔，是的。你來看我是為的什麼？」

「為我的牙齒。」

「牙齒怎麼了？」

「我希望你能看看它們。」

「到裡面來坐。」

我在牙科椅上坐下。桂醫生給我胸前圍一塊白布。拿一個反射鏡在我口中把牙齒都看過，拿一支長的金屬探針在牙和牙間探探弄弄。

「多久沒有請牙醫生檢查了？」

「我根本很少照顧牙醫生。」

「我也這樣想，上次見牙醫生是多久前的事呢？」

「看來至少兩年之前了。」

「應該每六個月檢查一次。有沒有哪顆牙特別不好？」

「我有點牙痛。」

「哪一顆特別痛？」

「右邊這一顆。」

「痛多久了？」

「是隱隱，一跳一跳的痛，足足痛了一個晚上。」

桂醫生把探針撥弄了一陣說：「是的，那裡神經敏感了一點，此外你有二、三顆牙需要補一補。我一定先要給你照張X光片才能決定。」

「你的意思除了這顆牙外，還有其他牙齒也不好了？」

「是的，絕對。」

「有幾顆牙不太好？」

「我來看，這裡一顆，我記得這裡一顆有個洞，是的這裡還有一顆。」

「這些都弄好多少錢？」

「有差別嗎？」

「當然有差別。」

「我現在尚難估計，我先處理一下那顆痛的。我看可能要拔掉它。」

「現在比較不痛了。」

桂醫生拿了一個針筒，裝了點熱水進去，擠在我牙上問：「痛不痛？」

「感到好一點了。」

他又擠了點冰水上去，問：「痛不痛？」

「不太痛。」

「那顆牙最好要拔掉。」

我說：「醫生，我的工作太多。我今天要工作。你能不能先給我吃點藥，止止痛，我下一次空一點再來找你。」

「可以，這裡是阿司匹林，盒子上有說明，照說明服用，明天早上十點鐘再來。我替你把它拔掉。」

我掙扎著自椅中爬起。

「說不定明天有空我還可以替其他幾顆牙補一補，相當多工作，需要點時間。」

我聽到蜂鳴聲，也聽到外面門開了又關。

桂醫生說：「對不起，我想是另一位病人。那護士真該死。我已經請介紹所介紹了。可能要我自己去選一個，失陪一下。」

桂醫生走出到接待室去。我一把拉開圍巾，起立，想跟在他後面。

桂醫生說：「那人本來在等的。我想他出去溜一溜會回來的。你說你認識他？」

「是的。」

「他是什麼人？」

我說：「他姓蔡，他是包啟樂的小舅子。」

「他的小舅子？不對吧？包太太是我的病人——我不知道她——」

「以前的小舅子。第一任包太太的弟弟。」

「喔，是這樣。」桂說。

「很有意思的人。」我告訴他。

桂醫生說：「明天早上十點鐘，我給你拔掉這顆牙。請你要準時，因為我正好有一個特約病人臨時取消了。要不然我可能三個禮拜也湊不出時間來。」

蔡凱爾在電梯邊上等著我。

「牙齒怎麼啦？」他問。

「好多了。」

「拔掉了？」

「沒有。」

「算你運氣好。」

「為什麼？」

「桂醫生也許不歡迎你在附近亂晃。」

「是的，承蒙你很有技巧的介紹之後。我想桂醫生非常不高興。要是我明天沒有依約出現的話，他也不會介意。」

蔡告訴我：「桂醫生絕對不是傻瓜。千萬不要把他當傻瓜看。」

「你怎麼以為我把他當傻瓜看呢？」

「你想想看，一個私家偵探，突然決定在包啟樂開發的社區買一塊地。又突然牙齒痛，找包太太的牙醫生看牙齒。說都是巧合也太說不過去了。」

「講巧合的話，」我告訴他，「還有更妙的呢！一個阿爾發投資公司正好在最優良的位置，你可以從走道中看到每一個進出桂醫生辦公室的人。」

「喔，你連這個也知道？」

「是的。」

他說：「很有意思。你還真罩得住，不是亂蓋的。」

「我本來準備看過牙齒後，來拜訪阿爾發投資公司。我有筆游資想請阿爾發投資公司代為處理。」

「好極，好極。那就面面俱到了。我們不要在這裡談。我們去我的辦公室，討論投資問題。」

他帶頭把我領向走道底上一個寬大的辦公室。他打開房門，沒有讓我先進去。口中唸道：「我準是又沒有把收音機關起來，就出去了。我喜歡聽馬經。」

他急急進去，走向一個亮著綠燈的長方型匣子，把上面一個開關關上。指著一張沙發說，「請坐，賴，我就坐這裡。」

我把自己沉進厚厚的皮製坐墊。向四周看了一下，問道：「辦公室？」

四周牆上都是跑馬場上名馬的照片。這些照片都是八寸乘十寸的不反光平面紙，照相框都很講究。辦公室遠側牆上有張大表格。

窗前有一個大型繪圖桌，桌上有丁字尺，各色色筆，附近地上亂拋著各色帶字的塑膠長條。

「我看你對我的工作室很感興趣，」蔡說，一面把他剛才關閉的收音機移到一旁。

「我只是在研究你在這裡做什麼？」

「我在比較出賽的馬。」

我走向繪圖桌。

「因為你萬事都不放棄研究。所以我告訴你我的秘密。」

「什麼秘密？」我問。

他說：「把報紙拿起來。告訴我今天下午，第二場，有哪些馬參加比賽。」

我把那些要出賽的馬名字告訴他。他拉開桌下一個長抽屜，自抽屜中選出了幾張長的有色塑膠條。

他自嘲地笑著說：「你可以看到，一個人有太多空閑時間而又不甘寂寞的話，可以做多少事情。」

他把選出不同顏色的塑膠條疊在一起。一次一條餵入桌上一個怪怪長匣子裡去，匣子上有各種轉鈕，轉動轉鈕可使塑膠條向前移動，一次只一點點距離。最後調整到他認為滿意了為止。

「現在，我要請你注意。」他說。

他打開一個開關，在長匣的下面就現出強光來，把這些塑膠條照透，使上面清清楚楚地顯現出馬名和其他文字資料。

此時有一條橫的光線自匣子遠方向近方掃瞄下來。

蔡凱爾又在調整小的轉鈕，每個色條就有不同的對光線感受力。

塑膠條的兩個邊緣，有不同的缺口記號，大概是重量、騎師、馬道情況、氣候、賽程遠近等等資料的暗記。

最後，當蔡凱爾觀察了好幾次掃瞄，自認滿意之後。他把塑膠條小心收起。關閉顯然是自己發明的機器。

他說：「這場比賽會非常接近。你可以看到各色條子的掃瞄都幾乎在一條線上。

只有一條有一點點超過其他的。」

我點點頭：「那是什麼意思？」

他對我故意表現在臉上的困擾表情笑了一下。

「大部分愛好賽馬的人，」他說，「在選哪一匹馬會贏的時候，都很費時，而且困難。我現在已經把每匹常出賽的馬的資料整理出來了。我也可以依照不同的馬的喜惡給牠們加分減分。

「舉例來說，當我知道某一匹馬喜歡在濕泥路上跑，我給加分或減分完全依照今天牠要出賽馬場的情況及天氣來決定。換一句話說，我的選馬，是一個依據馬的個別情報、氣候情報、全國各馬場場地情況等等的綜合判斷。

「當然，」蔡繼續說下去，「馬賽和數學方程式不同。無論哪種精密計算，都不可能百分之百準確。這裡面有不可知因素及運氣存在。這些都是不可預知的。不過照過去經驗及這套計算方式，我自認相當過得去。

「很多體育記者和馬經快報也都會搞馬賽預測，假如他們的結論和我的結論一樣的話，這一場我就不賭，因為贏了也沒幾個。大家都買就沒意思了。」

「你平均能贏錢？」

他笑著說：「是很大的藝術，也非常好玩。本身就值回票價。舉個例子，今天下午第二場。照掃瞄看來『貴婦人』會贏，但非常接近，不到一個馬身的樣子，可能還要接近。現在我們來看看，職業性報導怎麼說。」

蔡拿起報紙，用手指指著看下來，他說：「這個記者選中『人造衛星』。」他又拿起另一份報，說道：「這個也說『人造衛星』有希望。所以大家都看好『人造衛星』。」

「這是什麼意思呢？」

「這意味著『貴婦人』是一個很好的賭博對象。賭贏了賭注會很高。唐諾，你到桂醫生這裡來鬼祟些什麼？你有他什麼把柄嗎？還是死不放鬆每一個人？」

「你的工作場所和他的辦公室，在同一大廈的同一樓，是故意還是偶然？」

「偶然。」

「你的意思你不知道他是包太太的牙醫生？」

「我當然知道，那有什麼關係？」

「假如需要的話，你只要把門打開，你就可以看到他那裡進進出出的每一個人。」

「老天，我要知道這些的話，我可以走到他辦公室去，看看他的登記簿，三個禮拜之內，什麼人要來都可以知道得清清楚楚。別傻了。我選這裡不過是要一個不受別人騷擾，可以一個人工作的地方。我認為一個人工作是一種享受。何況我自認為用這種效果可以證明自己比別人強。」

「當然，有時也會節節失利？」我問。

「有時，」他說，「我會發作，出去狂飲幾天。這是我的毛病。這段時間當然意志不能集中，賭馬也會輸。」

「於是你會去找包啟樂。」

他說：「唐諾，你為什麼會不時有些令人不快的人格表現呢？」

「我有工作要做，我是正在工作呀！」

「是什麼樣的工作呢？」

「目前我是在找出什麼人對包先生、包太太下了毒。」

「警察也在找呀。」

「怎樣呢？」我問。

「警察，」蔡說，「組織比較強大。他們效率強，而且有權威性。你為什麼不交給他們來辦呢？」

「有的時候他們走錯了方向。」

「很少會這樣。」

「有時我發現點資料，可以幫助他們。」

「是的，我相信是的。」

「你想是什麼人給他們兩人下的毒？」

蔡說：「這一定得是一件窩裡反才行。據我所知，你拿去的那些鯷魚醬都是沒有毒的。現在假如我們從冷血、沒有感情的角度看，你好像急於提供某人一個很好的機會，使他能夠下毒。」

「完全不是如此。我只是要使包太太有興趣於——」

「有興趣於什麼？」他看我猶豫下來，追問著。

「在一段時間內維持家庭生活的現況。」

他想了一陣說：「我很奇怪，有的時候人怎麼這樣笨。」

「什麼意思？」

「我個人認為警察會在三小時之內把下毒的人繩之以法。」

「想打賭？」

他說：「當然敢打賭，是的，我敢和你——等一下——容我占點便宜，我敢打賭三小時之內，警察會發現什麼人下的毒，而且有足夠的證據可以令大家信服。我敢和你平賭。」

我問：「你有沒有內線情報？」

他笑笑說：「你有內線情報，是嗎？」

「沒有。」

他說：「我只是對警方有信心。我們很多人說警察笨，因為我們常衡量警察個人。講力量的話要從整體衡量。以團體力量來說，警方還是力量強大的。」

「你倒再形容形容看。」

「首先我要說警察並不笨。很多警察的確沒有一般院校畢業生的科學知識，因為他們受的教育本來有區別。但是我們忽視了他們是統一指揮、團隊合作的力量。所以我們說警方，應該指很多很多警察集在一起，應該指警察部隊。」

「我也知道他們能幹，」我說，「不必你來宣揚。」

他說：「那就好。警察比一般人想像的能幹得多。只有試著去謀殺人的，才真正是笨之又笨的人。」

「為什麼你這樣說呢？」

他說：「看看以往的記錄。任何一個星期五的早上，你打開報紙看看。看到什麼？第十七到十八版的某一角上總有歹徒的照片，坐電椅啦，吊死啦或是送進毒氣室去。行刑開始往往是十點零一分，而在十點十六分宣佈死亡。

「每個星期五總有幾個。蹣跚地步上十三級階梯的絞刑台，被兩個人挾持著走進毒氣室或跟著神父走向電椅。他們都是大笨蛋。他們都在星期五死，都在星期五嘗到現代文明的冷酷。而執行的人也選定這倒楣的星期五來使這個人走完他的路，讓他知道這是星期五，不吉的日子。我想起來就不舒服。這些笨人，這些個渾人。」

「哪些個笨人，渾人呀？」

「死在星期五的笨人、渾人。這些人是殺人者中的糊塗人，笨人，昏頭的人，天生失敗的人。」

「有的時候是運氣不好吧。」我指出。

「是的，」他同意，「有時是運氣不好。其實每一行皆然，人生總有順有背。開車開得好的，不一定就不會出車禍。車禍案中死亡的，可能是最小心開車的。人生如此，捉殺人犯也如此。笨人老死在星期五。有很多謀殺案還是沒有破。

「我相信殺人的人今天一定很失望，而且把破壞計劃的韓佳洛恨之入骨。再說我相信他不是一個聰明的殺人者。我相信警察已經知道他是誰了。

「唯一不同的是警察捉到了他也沒有多大用處。因為包太太和包先生不過大病一場而已。包先生已經不要緊了。而包太太也在恢復之中。」

他站起來，又說：「你能進來看看真是很高興。賴先生。我現在要開始研究明天的賽程了。我的預測系統有一個缺點，就是不斷要更新資料。你不能疏漏任何小節。我喜歡聽和看謀殺的消息，我也喜歡討論。但是，我的吃飯錢完全靠我預測馬賽。相信你會原諒我。」

我說：「那就祝你好運。」和他握手。

門在我身後關上，我走了一半突然轉身，看看他有沒有在注意我。他的門關著，他甚至根本不想知道我有沒有回牙醫生的診所去。

第十三章　冒險

歐露絲在我公寓門前等我。我把車開過去，彎向路邊停在大門口的時候，她正望向相反的方向。

感覺到有車停下，她轉過身來，雙眉一蹙看到了我。

「唐諾！」她喊叫出來。

我把身體移到車前右座把門打開。她伸手握住我手臂，那麼緊，我覺得她的指甲壓到了我的肉。她說：「喔，我真高興見到了你。」

「來很久了？」我問。

「不久，十來分鐘。但每分鐘都好像一個世紀那樣長。告訴我，我有沒有做錯什麼？」

「有。」

「但是，唐諾。那包東西在沒有人知道的地方。我自己什麼時候要，就隨時可以拿到。是在一個沒有人想到去找的地方。」

我說：「我本來可以早點來的。但是我和蔡凱爾談了一下。」

「他是誰？」

「蔡先生，」我說，「是包先生第一任太太的弟弟。」

「喔。」

我說：「可也是昨天晚上，你從桂醫生辦公室拿了那包毒藥出來之後，一直跟蹤著你的人。」

「他——他跟蹤我？」

「是的。」

「但是，唐諾。他可不能。我——你是說——」

「是的，有兩個人跟蹤你。其中一個是蔡先生。另外一個是我雇來跟蹤蔡先生的人。」

「但是，蔡先生知道不知道——這包是什麼東西？」

「我認為他是知道的。」

「你和他談了很久嗎？」

「是的。」

「他說些什麼？」

「什麼也沒有說。他口很緊。」

「他也許不知道我是誰。也許他——」

我說：「別傻了。他專程從桂醫生的辦公室跟蹤你，一直到車站，看你把東西放進自動存物櫃裡去的。」

她站在人行道上，整個人好像要垮下來似的。

「現在講也沒什麼用了。但是昨晚要是你照我說的做了，今天情況就不會如此複雜。給你如此一來，我都不知道已發生了什麼。更不知馬上會發生什麼。」

她說：「假如他報警了——假如他告訴——」

「正是如此。」

「但是唐諾。那個紙包並沒有被打開過。根本沒有人動過它。」

「你怎麼知道？」

「它和我從藥房買回來時完全一樣。」

「你怎麼知道？」

「我把紙包打開來，看過裡面的小瓶，又照原樣把它封起來了。」

「擦乾淨了？」

「擦什麼？」

「你的指紋。」

她臉上又現出驚慌的神色：「沒有。不過那包東西真的沒人動過。」

「你沒有把它放在天平上秤一秤吧？」

「沒有。」

「你去買它的時候，你買了多少重量的砒霜？」

「桂醫生要我去買兩千毫克。」

我說：「假如瓶中有兩千毫克，你根本不知道是否已被人拿走了一點點。」

「我能不能現在再去拿回來？」

「拿回來做什麼呢？」

「我也不知道。拋掉它？丟掉它？或是像你說的報警？」

我說：「你不知道蔡先生報警了沒有。也許蔡已經報警了，警察正在等你。他們可能坐在那裡等你去拿砒霜。你剛把櫃門打開，正要伸手進去拿小包的時候，他們拍拍你的肩膀，給你看他的服務證件，說——」

「唐諾，不要說了，我的神經已經夠緊張了。」

「但是，」我說，「這正是事實。我們被蒙在鼓裡，外界已發生什麼事，我們不知道。」

「喔，唐諾。都是我不好。我看那毒藥仍在架子上，我看它真的沒有被人動過。我只想把它移開，拋掉，而——」

「他們要是在登記簿上發現你買過毒藥，你怎麼解釋？」

「我就把發生的實情全部告訴他們。你看我們現在能不能這樣做？」

我搖搖頭。

「因為現在講起來有點像你編造出來的一個故事。你編出來為的是給自己一個不在場證明。」

「我不懂。」

我說：「假如是你下的毒。你被開除了。你突然想起你用的毒藥還放在檢驗室架子上。假如警方發現，他們會發現其中一部分已取用了。你想把那少了的再補滿它。你也許準備今天來補充，但是昨天被開除了，你沒有機會了。所以在你把鑰匙交回去之前，你晚上回辦公室，你去把毒藥自架子上移開。你把毒藥帶到車站，讓它在那裡過夜。目的是今天回去把毒藥的重量補足，使和買來時相同，然後再報警。

「只要你一承認你知道毒藥的存在，只要你承認你想你買的毒藥可能和包家中毒案有關，你就被套牢了。你再也解釋不清楚，你為什麼晚上還要到醫生的辦公室去，把毒藥從架子上拿下，歸你自己保管十二到十五小時之久，而後再通知警察。

「進我車裡來，坐下來把手、腳輕鬆一下，我們還有事要辦。」我坐到駕駛座，讓露絲進車坐我旁邊。

「還能辦什麼事？」

「只有一件事能辦。我要讓別人找不到你一段時間，在這段時間裡，我們儘量挖點情報出來。」

「你認為跟蹤我的人報警了沒有？」

我告訴她：「我怎麼會知道？他非常聰明，也在玩什麼特別把戲。千萬別大意了。」

「但是我去躲在哪裡好呢？」

「這就是目前我們要研究的。」

她握住我手說：「唐諾，不論你說什麼，我都照做。」

我聽到有小童在叫著販賣報紙。我靜聽一下，把她的手從我手上移開，伸手進口袋掏硬幣。

男童自街角過來，口中在叫：「中毒案！中毒案！最新消息。看報紙！看報紙！」

我側身輕壓在露絲的腿上，揮手招呼報童過來，用硬幣買了一份報紙。

報紙右側大字標題：「包妲芬中毒死亡」。露絲看到標題叫出了一半聲音，哽住了一半。

我把報紙壓平在駕駛盤上，這樣兩個人都能看到。

「唐諾，」她說，「這下，喔！——」

「省點力氣，」我說，「現在沒有時間來表演這一套。」

很明顯新聞是最新消息。不過大部分內容都是炒冷飯。稿紙是早就寫好的。要死要活抽換幾句話，印出來搶生意而已。報上新聞如下：

今晨包妲芬太太病況之突然轉劇乃至死亡，使警方面對近十年來最離奇之下毒致死案件。包妲芬因砷中毒於昨晚被警方送醫院，本已脫離危險階段，突於今晨復發，又因心臟本不強健導致死亡。

其夫包啟樂為一成功地產商，約於包太太中毒被發現前一小時亦因砷中毒被送醫治療，雖然警方深信兩人係同時中毒。因包啟樂能於中毒後較早獲得救治，醫生宣佈已快速痊癒。最新消息稱，包先生已起床活動，並可用電話指揮其辦公室照常進行一切業務。

稍後包先生得知夫人死亡消息後，曾用電話與其秘書聯絡，指示關閉辦公室，待葬禮舉行後再開放。

至於包啟樂（三十四歲）及其太太（三十二歲）真正中毒之原因，警方雖已展開調查十二小時以上，但仍未澄清。

包啟樂返家後食用了包妲芬太太親手調製的小點心，突發腹部絞痛，立即被送醫治療。

（下接第四版）

很明顯，全文早已寫妥，由於今晨包太太的死亡，所以前一段予以重寫。我把報紙摺起，向後座一塞說道：「就是如此，現在變成謀殺案了。」

「唐諾。」

我伸手經過她，把車門打開，說：「出去。」

她一聲不響地站到人行道上。我跟著也從她那邊車門出來，把車門關上。

「我們怎麼辦？」

「我們先散散步。」我說。

我輕握她手臂，經過人行道，步上四級水泥台階，用我的鑰匙把門打開，和她快步經過走道，進入自動電梯。

「去你公寓？」她問道。

我點點頭。

她思索地看我一下，移到電梯的一角。

我按下三樓的鈕，電梯門自動的關了起來。電梯移動著上升。

露絲沒有說話。

電梯停下，門打開，我又輕扶她的手臂，用鑰匙開了我公寓的門，快快把她推進門去。

我說：「這地方亂得很。我沒有請人幫忙。女傭一週只來一次。這裡沒有人會打擾你。電話響不要去接。有人敲門，不要出聲。

「我給你一個暗號。假如我找你，我打這個電話，聽到電話響，什麼也不做，只是看錶。

「我會讓電話響四次或五次。掛斷。正好兩分鐘後再打，再掛。你再等兩分鐘，接我第三次的電話。

「你要注意錶，要是三次鈴聲每次都相隔正好兩分鐘，才接第三次，懂了嗎？」

她點點頭。

我說：「還有一招可以解救你，能否奏效完全看你會不會做女明星表演。」

「你要我怎樣表演？」

「我們目前只能做一件事，而且要快點做。」

「什麼事？」

我說：「你現在不能自動去報告警察，因為你無法解釋為什麼昨晚上不報警。」

「這一點你說過了。」

「我不過再提醒你一次。我要去拿毒藥，交給警察。」

「為什麼？」

我說：「我會去聯合車站，我會確定沒有人跟我過去。我會仔細注意有沒有人在偷看這些櫃子，等人來取毒藥。然後我會過去把毒藥拿出來。」

「但是，你怎麼看得出什麼人在守著呢，站裡有那麼多人——」

我告訴她：「我是看不出來。我只好盡能力去做，也不能保證。」

「你要是看不出來呢？」

「要是我看不出來，」我說，「我把毒藥拿到手的時候，就有人輕敲我的肩。我就告訴他們，你來找我，你說你想起桂醫生差你出去，去買了點砒霜。你只是想起，你不知道應該怎麼辦。你也說除非先和我商量，否則你不願直接去報警。你就說你昨晚一直想找我但是找不到。所以你回到辦公室，拿到了毒藥，把它放進自動存物櫃，再不斷找我。後來你找到我，立即將存物櫃鑰匙交給我，請我趕快代你報警。

「我告訴你，我先要稍做一些調查工作。我告訴你假如真如你所說存物櫃裡有那包東西，而且這包東西又正是你替桂醫生買後放在架子上的那一包，我就一定報警。但是我不願意看都不看就去報警，最後讓警察虛驚一場。

「這一切你懂不懂？」

她點點頭。

「換言之，」我繼續說，「我延遲了一點報警時間，因為我一定先要查清你所說的是事實，免得把自己頭伸出去被大家當笑話來講。我要在報警前調查一下。」

她說：「警察會相信嗎？」

「不會，但是陪審團會相信。」

「太危險了，唐諾。」

「但這是唯一的辦法呀。」

「我有點怕，唐諾，整件事都不對勁。我怕。」

「為了不露出馬腳，」我說，「我必須表演得對你前來打擾相當厭煩。而你要表演得對我完全信任，完全能吸引你的興趣。你是一個內向、羞怯、被開除的護士。你不敢去找警察，但是你還是希望正義要伸張的，所以你來找我。懂不懂？你一定要對我瘋狂，崇拜。懂了嗎？」

她又點點頭。

我說：「這件事成不成功完全靠你這一次表演。萬一失手，我就涉嫌了，我見不到你，你就要單獨表演了。要表演得對我五體投地，要表演願意為我而死。我不會把你放在心上，我根本不喜歡你這種類型。你能表演嗎？」

她唇角露出了智慧的笑容：「唐諾，交給我辦，我會演得使他們信服。」她又輕輕地說，「其實，我的部分不須太假裝。」

我說：「記住，不能有任何疏忽。你來找我，把心都挖出來。我很冷靜，講究實際。我甚至在證實這些事之前，都不願報警。但是我把你放在公寓裡叫你不要離開。假如我找到的真是毒藥，我會直接到兇殺組去找宓善樓警官，把宓善樓帶到公寓來聽你的故事。你記得住這些嗎？」

「當然。」

「那就好了。」

「但是，唐諾。你為我冒太大的風險。」

「假如一切照我所想，也不見得冒大險。」

「假如出了差錯？」

「那我就冒大險了。」

「你為什麼肯為我冒那麼大的險呢？」

我說：「我要是自己知道就好了。我想是因為昨晚你給我一吻的關係。」

「唐諾，我覺得這樣不公平。」

「為什麼？」

「好像我在引誘你冒險。」

「我自願。」

「我喜歡你，你是好人。」

「謝謝。」

「我只希望你不要因為我弄得脫不了身。那樣不好。」

「你又沒有要求我，我自己願意做的。」

「我覺得你冒的險比你說的要危險得多。」

我搖搖頭，說：「把存物櫃鑰匙給我吧。」

她打開她大皮包，拿出放硬幣的零錢包，摸索了一下，蹙起眉來。然後又笑著伸手到衣服口袋裡。

我看到她眼中突然出現驚慌神色，我急急問道：「又怎麼啦？」

她說：「我把它留在另外一件衣服的口袋中了，我今天早上換了一件衣服。」

「昨天穿的那件在哪裡？送洗了。」

「沒有，在我衣櫃裡。」

「鑰匙在那衣服口袋裡？」

她點點頭說：「要不要我去拿回來？」

我搖搖頭。

「你連自己公寓的附近都不要去。把公寓鑰匙給我。」

她從零錢包裡把公寓鑰匙交給我。

「那件衣服在哪裡？」

「你進我公寓。衣櫃門是左手第一個。衣服在掛架上，鑰匙在左邊口袋裡。」

我說：「好，你在這裡等我回來。聽電話的事不要忘記。」

「唐諾，我——」她從椅上站起，向我走來，兩眼淚汪汪，嘴唇半開著。

「唐諾，」她哽咽地說。

然後，她突然轉身。

「怎麼啦？」我問。

她背對我，向窗外看去，搖搖頭。

「露絲，怎麼啦？」

她說：「是我不好。昨晚我不應該。現在你為我去冒險。只因為——只因為——」

我說：「昨晚是昨晚，今天我已經決定冒這個險了。到你公寓轉一下不見得增加多少危險。」

她仍向窗外看著，把背對著我。我從她雙肩的抖動，知道她在哭泣。

我走前一步，把雙手放在她肩上，想把她轉回來。

「唐諾，不要。你不瞭解，我昨天是真心的。」

第十四章　房間內的屍體

我把公司車猛然在力士溪路公寓門前煞住。走到門口用露絲給我的鑰匙打開公寓大門。

門鎖打開，我推門進去時很隨意但自然地向後望望。

我看不到有任何人對我的行動有絲毫興趣。街上兩側有幾輛車停著，車裡都沒有人。

我一步跨兩級樓梯，快步走過走道，來到露絲房前。我沒有敲門，直接把鑰匙放進匙孔，稍停向兩側走道看一下，確定沒有人在注視，把鎖打開，推開房門，跨進去。

彷彿潛意識警告我，我本能地閃避了一下。

我還是不夠快。我覺到整個屋頂塌到我頭上。精力像退潮一樣從我腿上消失。褪了色的紅地毯向我迎面升起。打到我臉上，我落進黑暗的深淵。

混沌朦朧中，我知道時間在溜走。我不知道過了多少時間。時間也沒多大意義。

我非常不舒服，有東西一直在打擾我的腦子，響了一陣，又停下來。好像是牙科醫生的電鑽，只是它是全自動的。它不須人工操作。不斷地響得我腦子發毛。

我慢慢地努力把眼睜開。理智在漸漸地恢復。

我躺在歐露絲公寓的薄地毯上。地上塵埃的氣味鑽入我鼻孔。我聽到像牙科鑽子聲音的雜音，是一隻圍著我的頭在兜圈子的綠頭大蒼蠅。

我靜靜不動地聽，看有沒有人在房間裡。

除了那隻歇歇飛飛的蒼蠅外，房間裡什麼聲音都沒有。

我什麼也看不到，只見到椅子的腿，桌子的腿和桌子向地的那個面。

我試著彎曲腿上的肌肉。頭痛得要命。胃仍舊不舒服，不過肌肉已能聽命行事了。

我深吸一口氣，又仔細聽了一陣。我養精蓄銳突然用手及膝爬起來，整個人一下跳起來站直。

沒有任何事發生。

整個公寓房間只有我一個人在發瘋。別人都把這裡放棄了，大家都在工作，這個時候逗留在公寓的人本來就不多。

整個公寓房間幽暗，有一種不真實的氣氛。只因為露絲不在裡面，昨晚和今天竟有那麼大的差別。有點物是人非之感。

頭痛已漸進轉好。我走向浴室門口，一下把門拉開。

裡面也沒有人。

我踮足悄悄走到衣櫃前，突然把門拉開，自己後跳。也沒有事。

整個房間只有我一個人。

我伸手進衣櫃找到露絲昨晚穿的灰衣服。

我伸手到衣服左口袋，又伸手到右口袋。

我並沒想到會找到任何東西。所以當我手摸到扁扁的金屬物體時，反倒有點意外和驚奇。

半期望著這一定是一個陷阱。我把衣服口袋內，應該是開啟聯合車站自動存物櫃的鑰匙，小心地用兩個手指夾出來。

鑰匙到手，沒有手槍來指著我，沒有人喊叫，沒有人吹哨子，我相當的奇怪。

我等著起變。又看看手中的鑰匙，下定決心很快地把鑰匙放進背心的口袋之中。

我站定原地，對公寓做了最後一分鐘的環視。我又下了個決定，假如我要確定已檢查過每個可以藏人的位置，我不能漏了靠牆收壁床的空間。

我把門拉下，壁床輕鬆地跟著倒下。床鋪得極為整齊。床與牆之間尚有一點空間。一隻鞋子從空間突出在外。我再看看這隻鞋，上面有一條腿。

我一下跳後。

仍沒有動靜。那隻腿一動不也動。我開亮一盞燈。一個女人的身體陷在床後的空間裡，完全不動，不像有生命的樣子。

我伸手去摸她的腕部。仍有體溫，但沒有脈動。我把她頭抬起。光線照在華素素的臉上。一隻尼龍絲襪緊緊勒在她的脖子上。

我確定她已死亡。我退出如壁櫃樣的空間，小心地把壁床翻回靠牆的位置，把門推上。

我走回通走道的門，用手帕把門把包起，慢慢轉動門把。用另一隻手把彈簧鎖打開。

我把門拉開，外面也沒有人。伸出頭去，走道上也沒有人。

我把門自身後關上，快步走下樓梯來到門廳。找到公用電話。投了一個硬幣撥警察總局，直接找兇殺組的宓善樓警官。

過不多久，宓善樓的聲音從電話線傳過來。

「警官，是賴唐諾。」

「哈囉，唐諾。我正想見你。你在哪裡？」

我說：「力士溪路一六二七號。你最好快點來。」

他不高興地說：「怎麼回事？這次換換方式，你到我這裡來如何？我——」

我說：「華素素死了，包啟樂的秘書。屍體在壁床的櫃子裡。在一位叫歐露絲的女人的公寓裡。我——」

講到這裡我用手把電話掛鉤一按，通話中斷。

我把話機掛回掛鉤，三步兩步把大門打開，站在門口。日光強烈地照耀我的眼睛，我本來因外傷還在疼痛的頭部，現在又隱隱約約痛起來了。

我站直一下，讓眼睛習慣於強光下看東西，我看看停在路邊的各種車輛，又再看看自己的公司車——還停在我來時的原來位置。

我步下門口的台階，把公司車門打開，坐進去，慢慢起動。沒有人跟蹤我離開這條中午靜靜的街道。

第十五章　不入虎穴，焉得虎子

在聯合車站停車場我找到一個車位。

一路並沒有人跟蹤我。

我頂著大太陽，沿著炎熱的人行道，加入進出車站的人潮。進了車站裡面，我來到一個人很多的販賣店。我要了一瓶可口可樂，吞服了二粒身上的阿司匹林。向四周看看，沒有人對我有興趣。

這個中午的時候，車站裡人不會太多。仔細觀察都是來來往往一般行人。離開上下班尖峰尚有三、四個小時。

我找到一個電話亭，撥電話給我的賭外圍馬經紀人。

我問：「今天下午第二場，『貴婦人』你看怎麼樣？」

「五比一左右，要不要？」

「一百元。」

他吹了聲口哨：「那麼大膽，賴。」

「不大膽贏不了『貴婦人』呀。」我說。

「大家都像你這樣想，馬上會變二比一了。勝算不十分大，我想你一定是迷信你自己的運氣才選上她的。好了，有你的了。祝好運，再見。」

我從電話亭出來。

再仔細觀察，仍是沒有人在注意我。

我走向設有自動存物櫃的位置，觀察號碼排列的方法。也看到了我要找的號碼。

周圍並沒有什麼人在注意的樣子。

我深深吸一口氣，記起我向黑市馬掮客說的話——不大膽贏不了貴婦人。又記起中國人的一句老話，「不入虎穴，焉得虎子。」一狠心，拿出鑰匙，大大方方地走向存物櫃。

鑰匙放不進匙孔。我再一看匙孔上方有塊標示，超過十二小時，另投一角始能開鎖。

我又投了一角硬幣，聽到自動計時裝置發出開門的輕聲。

我把鑰匙放進匙孔，轉動鑰匙，把小門打開。

裡面什麼也沒有，空空的。

我把右手伸進去，向四周摸一下，又把眼湊近去，確定裡面什麼也沒有。

我讓鑰匙留在門上，把門推上，走出車站。

第十六章　很好的證物

我希望這時回辦公室，因為白莎應該正好出去午餐。她沒出去。

近期新聘的接待小姐對我說：「柯太太在等你。說你一來就要見你。」

我說：「好，我等一會兒就去看她。」

「我先告訴她你來了。」

「不要，我會進去看她的。」

「但是她關照過，你一來要先告訴她。」

我說：「我還有點事要先辦，只要一分鐘。辦好我自己會去看她。別告訴她我來了。」

接待小姐看著我，抿起嘴唇，急得快要哭出來了。

我笑著說：「好了，好了。你要告訴她，你就告訴她。」我走進我自己的辦公室。

卜愛茜說：「老天，你怎麼變成這樣子。看起來可怕極了。發生了什麼事？」

「我給打昏過去了。」

「要告訴我嗎？」

「不要。」我說。

看到她臉上同情的焦慮神色，我又說：「有人在我不注意的時候在我後腦敲了一記。我昏過去一陣。目前除頭痛外，整個背上硬硬的，彎不過來的樣子。」

「我看你去洗個土耳其浴會好一點。」

「我沒有時間去。」

她說：「就找時間去。在浴室裡你也可以用腦子想——」

門突然打開，白莎說：「你這混蛋小子什麼意思？事情一燙手，就找不到你？不知死到哪裡去，也不通知一聲。」

「我在為這案子工作呀。」

白莎向我吼道：「為案子工作！你連這是什麼案子都不知道。你是在辦昨天的案子。你以為我們在做什麼工作，清掃每天都一樣的垃圾？我們的困難是，發生這樣大的變化，我們竟沒有辦法取得彼此間的聯絡。你為什麼不告訴我你在哪裡？你為什麼不打電話回辦公室？」

我走向我辦公桌。坐進我的旋轉椅，靠在椅背上，兩隻腳蹺上桌子。椅背卡到我疼痛的脊椎，我畏縮了一下。

「你怎麼啦？」白莎問。

「他頭在痛。」愛茜告訴白莎。

白莎喊道：「頭痛！他頭痛？你想我頭怎麼樣？」

我說：「閉上你的嘴，我要好好想想。」

她說：「要想想？唐諾，你連該想些什麼還不知道呢！」

我疲倦地說，「好，告訴我要想些什麼。我寧願聽你告訴我，也不要你在我耳邊亂吼。你要我想些什麼？」

白莎說：「我們的客戶。她目前有大麻煩了。她急需我們幫忙，而且需要大大幫忙。而我只能坐在這裡儘量敷衍她，拖延時間。」

「誰是我們的客戶？」我問。

「你昏頭啦？」

「沒有，我只是要知道誰是我們的客戶？」

「還是那個沒有改變過的客戶，韓佳洛。」

「她要什麼？」

「她有了麻煩。她要你救她出來。你想她要什麼？你想她為什麼又來這裡，把她每一毛錢都拿出來請我們辦事？五百八十五元硬碰硬的現鈔。」

「她拿出來了？」

「最好相信她拿出來了。她只想拿兩百五十元完事。但是我硬擠了她五百八十五元出來。我一面看錶，一面告訴她你有多聰明，多能幹。她拿錢出來，我給她收據。然後我坐在那裡，讓椅子磨我屁股，不知道你在哪裡。合夥公司，一個人唱獨腳戲！」

「你為什麼不自己來辦這件案子？」我問。

白莎叫喊道：「自己辦！我當然自己在辦。你沒聽到我告訴你，她本來只肯出兩百五十元，我硬把它提高到五百八十五元現大洋。別傻了，你認為這不是辦案子，下次我們兩個換換位子看。」

「你的收據上怎麼說？」

「收據上說我們收到了五百八十五元，當然。」

「為什麼收這筆錢？」

「為了代表韓佳洛。」

我說：「你不該這樣做。」

「噢，我懂了。你不喜歡她頭髮的顏色，是嗎？」

我說：「在我們把頭伸出去之前，一定得看看環境。」

「當然，我知道環境如何。環境是現鈔五百八十五元。環境是有人要誣陷這可憐的小妮子。」

「什麼人要誣陷她？」

「這要你去找出來。」

「他們用什麼來誣陷她？」

她說：「捏造的證據。再說宓善樓壞透了。在他眼裡就沒有一個好人。」

「佳洛現在在哪裡？」

「我支她出去叫她先去吃飯。我告訴她你就會回來。老天！我太生氣了，連每次抽菸都抽不完一支。一毛五分一支菸，抽一半就丟了。」

「一毛五分的一半可是七分半呀！」我疲倦地告訴她，眼半閉著。

白莎說：「你算得真準。你應該多算算。」

室中沉靜了二、三秒鐘。我知道白莎在養精蓄銳準備下一次的衝擊。

「我很高興，」我輕輕地說：「你終於覺得我做對一件事了。」

白莎不理我這句話，她說：「宓善樓在包家屋裡死鑽活鑽的，你猜他找到了什麼？」

「什麼？」

「找到一隻小茶盅。鯷魚醬和砒霜還黏在邊緣上。」

「在哪裡找到的？」

「配膳走道的架子上。」

我說：「不錯呀。對他而言是很好的一件證物。是他帽子上的一根羽毛。現在請你給我十分鐘。白莎。只要十分鐘。讓我坐在這裡想出點道理來。然後我再來管這杯子。」

白莎叫道：「十分鐘！你有一個上午為什麼不去想？」

「只要十分鐘。」我說。

白莎說：「她隨時都可能回來。我已經一拖再拖，又拖了。我甚至叫她到外間，請小姐打字，一個一個字打，使我們接受她做客戶，可以白紙黑字——我告訴她。我挖空心思拖延她，早已使她生氣了。她要我們行動，不——」

我對白莎說：「我要用十分鐘靜靜想一想。假如你滾出去，我就在這裡想。否則我就出去想。保證你整個下午再也見不到我。」

白莎深吸一口氣，再慢慢地吐出來。她技窮地說：「好人，你聽我的。你不能用這種方式對付白莎。白莎一直一個人坐在辦公室想辦法賺錢。是白莎把錢收進來，你才能買那麼多新衣服。白莎忙得連頭都抬不起來。結果怎麼樣？你一陣風一樣進來——」

「我一定要想一件事出來，白莎。有一件事不對，但是就是湊不起來。再過幾分鐘，我一定要對警方講點東西出來。」

「我在想的是再過幾分鐘我們一定要向——」

門上有輕敲聲。受驚了的接待小姐把頭自門縫伸進來說：「可以進來嗎？」

白莎正擬對她大發脾氣，但是她一下自門縫裡溜進來，低低地說：「韓小姐在外面，你的聲音很響，我不知怎麼辦才好——我——」

「讓她進來！」

「十分鐘，白莎，」我說，「把她帶到你辦公室，再拖她十分鐘。這件事比較重要。我——」

「我已經拖延到不能再拖了。」白莎說。

她把嚇壞了的女郎往邊上一推，把門一下打開。用糖和蜜混在一起的聲音說：「噢，韓小姐，你來了。賴先生和我對你的案子開了一次會。我們要仔細地研究一下。你一走他就回來了。我追出去找你，但你已下樓了。你午餐用得還好嗎？請進來，賴先生要親自和你談一談。之後我們會計劃好怎樣為你辦事的。」

韓佳洛走進辦公室來。接待小姐趕緊從門縫溜出去。白莎把門關上。韓佳洛笑著對我說：「哈囉。」

「哈囉。」

她在客戶用椅上坐下，把雙腿交叉著。

我把眼睛閉上。

「他在想辦法。」白莎小聲地說。

我聽到窸窣聲。我知道那是韓佳洛在椅子上在扭動，在調節裙襬的高度。

佳洛問：「現在整個案子的情況如何？你有什麼看法？」

白莎說：「他要你把事實說出來。他要你親自說的才算。」

「但是我已告訴你，你也叫外面的秘書打字打下來，你說要白紙黑字唐諾才算數。」

「噢，不是記下來的細節，」白莎說，「那些事賴先生早知道了。他只要聽你自己說的聲音。你從茶盅開始說起吧。」

我說：「是的，從茶盅說起。」

韓佳洛無奈地嘆了口氣：「這不是個茶盅，是個放濃咖啡的小咖啡杯。有人存心要把這件事誣到我頭上來。」

「事實上就是如此。」白莎同情地說。

「但是我不喜歡這件事。」

「我知道你不喜歡這件事，親愛的。把茶盅的事告訴唐諾。」

她說：「那個討厭、多管閒事、假仁假義的宓警官！」

白莎安撫著道：「我知道你的感覺，親愛的。」

「他在那裡東翻西翻找到了那咖啡杯，裡面有鯷魚醬和砒霜。之後他又發現了小匙。」

「這些東西在哪裡被發現的？」我問。

「杯子是在配膳間的上層架子裡，一堆很少用的盤子後面。有人放在那裡以為不會被發現的。一定是沒有太多時間找更好的隱藏或是拋棄的地方，才放進那裡去的。」

「說下去。」我說。

她說：「咖啡杯是我用過的一個。有我的指紋在上面。」

「喔，喔。」我說。

她說：「是我用過的，一點沒錯。前一天晚上我用完晚餐上樓去自己的房間時，我把咖啡杯帶了上去。在飯後我喜歡甜甜濃濃的咖啡。我放了許多糖進去，幾乎把它變成糖醬了。然後我一次一點點的拿來品嚐。」

「那小匙，」我說，「在哪裡？」

「在我臥房寫字桌的抽屜裡。」

「杯子上除了你的指紋之外，還有別人的嗎？」

「我不知道，宓警官守口如瓶。他只是給我看，杯子上有我的近日指印。」

「這些近日指印被放大了嗎？」

「是的。」

「他是不是讓你自己比較，以示他不是在唬你？」

「是的。」

「你又怎樣告訴他？」

「起先我告訴他我完全不知道。後來我不斷地想，我想起了：杯子是留在我房裡的，但任何人都可以拿到的。」

「你告訴宓警官了。」

「是的。」

「你不是造出來搪塞一下子的？」

「不是，我講的是實話。」

我問：「絕對是實話？你對警方沒有說過一句假話。」

「沒有。」

「你不知道是什麼人把杯子放到架子上去的？」

「不知道。」

我說：「假如你的故事是事實，你有一個最好的證明。」

「什麼證明？」

我說：「證據中有一件事可以完全證明你講的是事實。也就是可以證明你沒有說謊。」

「是什麼呢？」她滿懷希望地問。

白莎低聲咕噥地說：「我告訴過你，他非常聰明。」

我說：「在杯子中的鯷魚醬一定是有毒的，因為兇手利用杯子來混砒霜進鯷魚醬裡去。」

「當然。」她說。

「但是，」我說，「當宓警官查那小匙的時候，他會發現上面沒有鯷魚醬。這可以加強你的證言。杯子是用來混毒的，假如是你做的，你會順便利用已經在你房裡手邊的小匙。想誣陷你的人沒有想到小匙的事，所以拿了有你指紋的杯子，而另外用了一隻小匙。」

「這就是關鍵，親愛的。」白莎同意地說。

韓佳洛沒有說話。

「你認為呢？」我問。

她移動了一下位置。

「說呀！」我催著說。

她說：「我想要誣害我的人不會那麼笨。」

「為什麼？」

她說：「宓警官發現小匙的時候，上面還有一點點鯷魚醬。裡面也混有砒霜。」

「他奶奶的！」白莎生著氣吐出她的意見。

我說：「在告訴宓警官之前，你沒能仔細想一個合理一點的故事，實在很遺憾。」

「閉嘴！」韓佳洛說。

白莎說：「唐諾，你在說什麼，佳洛是我們客戶，你要想辦法替佳洛脫罪。」

我對白莎說：「我們的執照是開一個偵探社。」

「什麼意思？」

「你想做從犯的話，需要另外一種執照。」

白莎向我怒視著。

「你看他說的是什麼話?!」佳洛對白莎說。

白莎說：「唐諾，你以前又不是沒有幹過。」

「幹過什麼？」

「從帽子裡變隻兔子出來。」

「那些案子的帽子裡，本來就有兔子，只是向哪裡去找的問題。」

「那你就去找呀。」白莎說。

「我告訴你的絕對都是事實。」韓佳洛堅持地說。

白莎說：「好人，你不能把她拋下不管。照案子現在的發展，宓警官很可能——反正他不好對付。」

「是的，我知道善樓會怎樣看。」我說。

「你做點事對付呀！」白莎大聲地說。

「你要我做什麼？」

「第一件要做的事是把韓小姐藏起來，直到——我們能向他們解釋案子的實情。」

「我們只找出實情。向他們解釋，還需要佳洛自己。」

「我不是解釋過了嗎？」佳洛說。

我說：「你的解釋說服了白莎。你沒有令我滿意。我想你也沒能使警方滿意。」

「我告訴你我是被誣陷的。」

白莎說：「先把她放到一個安全的地方，躲到我們把案子辦妥，安全為止。」

「什麼地方？」

「我怎麼知道，把她放到——放到——放到你公寓去。」

我說：「不行。」

她說：「有什麼不行。你那小公寓不錯，而且沒有看門的管閒事，盯著什麼人進，什麼人出。」

「這對她的名譽不太好。」我說。

「那有什麼關係！」佳洛說。

白莎求情地說：「這不就結了？好人。帶她去你公寓。」

「為什麼你不把她帶去你公寓？那會方便得多。」

白莎喊道：「我的公寓？你說什麼？假如宓善樓捉住我把她藏在我公寓——他——他——」

「假如他發現我把她藏在我的公寓，他怎麼辦？」

「他什麼也不會辦。第一，他不會發現她在你公寓。第二，他要真發現了，你可以找點理由對付。」

佳洛說：「假如你們兩位不準備代理我，就把錢退還我，我去找別的偵探社。」

白莎說：「當然我們要代理你的。唐諾會帶你去他公寓，不過他要你知道他這樣做冒多大的風險。再說你也許要住在那裡相當久。」

佳洛說：「我什麼也不說了。我現在很糟糕。我要想辦法鑽出來，我付你們鈔票就是要鑽出來。」

柯白莎看著我點點頭。「你的公寓，」她說，「就這樣決定了。時間很緊迫，你是知道的。」

我說：「讓我再想幾分鐘，好嗎，白莎？」

「你先把她帶去公寓，回頭你再想。你會有很多時間可以想。照現在情況，你在這裡想，宓善樓隨時可以進來，於是大家就沒戲唱了。」

我站起來，對佳洛說：「跟我走。」

她快速、溫柔有情地站起。

「謝謝你。」她對白莎說。

白莎告訴她：「不要緊。我們會照顧好你的。」

我看到愛茜關心地望著我，我把辦公室門拉開，讓佳洛先走出去。

佳洛神經質地快步走著，看得出盡力在不使自己奔跑而已。

我們走向電梯，正好有電梯下樓。我帶她走向停車場，進入我們的公司車。

「你公寓遠不遠？」

「我們不去我公寓。」

「什麼？」

我說：「別犯傻，白莎是個大好人。我不能太相信她的嘴巴。」

「什麼意思？」

我說，「她心直口快，只要一點不小心，漏了口風，警察就馬上知道你藏在哪裡了。」

「她總不會那麼不小心吧！」

「說不定。但是我不願冒這個險。萬一她走漏了風聲，我不好向你交代，你也會恨我們一輩子。」

「我們去哪裡？」

「找家汽車旅社。」

「為什麼？」

「理由很多。其中之一，我不敢讓你用假姓名登記。假如他們要收集資料起訴你，用假名字逃避是犯罪證明之一。」

「他們已經準備這樣做了。」

「所以，你不能有一點點逃避的樣子，這對你不利。」

「怎麼能躲起來，又不算逃避呢？」

我說：「我們找家大的汽車旅社，我來讓他們誤以為我們一起有好多人。我用真名登記：賴唐諾團體。我也給他們我的駕照。

「假如將來有人調查的話，我說我的目的是把本案證人都弄到這裡來集合，彼此對質及提供線索。我要找比較隱蔽一點的地方，使無人來打擾。我把你找到作為第一個證人。我把你找到，先把你安頓好，又去找其他證人。白莎和我準備一天內找到所有證人，今天傍晚開個會議。」

她想了一下說：「唐諾，你真聰明，這辦法好。」

「你同意。」我問。

「同意。」她說。

我把車慢慢開上街道。她把襪子拉直。我說：「宓善樓已有足夠證據可以申請逮捕狀了。他還讓你自由是因為他要放長線。所以我們要格外的小心。」

「我把一切都交給你，唐諾。」

我點點頭，不聲不響地駕車。

她問：「你到底怎麼啦？我上次見到你，你充滿活力。但今天你理智得很。」

我說：「我頭痛得不得了。」

「真會選時候。」

我側頭看了她一眼。

她向我笑笑：「我自己也偶爾用這個藉口。」

我說：「我的是外傷引起的。」

「什麼外傷？」

「被人打了一下，在頭上。」

「有人打你？」

「還蠻用力的。昏過去了。」

「什麼時候？」

「兩個小時前。」

「什麼地方？」

「我告訴過你了，在頭上。」

「為什麼？他們為什麼打你？」

「我想因為有人不喜歡我。」

她沒有說話，看我把車開過橋，進入郊外，來到一家大的汽車旅社。

「要一個雙併的，夠住六個人。有沖浴的。有嗎？」

「正好有一間，十八塊錢。」

「可能便宜點嗎？」

「不行，那房間——」

「好了，我要了。」我在登記簿上寫道：「賴唐諾團體」。

那男人看一下我的車牌，登記起來。

「其他的人呢？」他問。

「都在路上。」

「房中有三張雙人床。」他說。

「可以。」

「我帶你去，是六號房。」

他拿了鑰匙，帶我下去。是一個大房子。有兩套沖浴設備，一個起居室，兩間大臥室。

「行嗎？」他問。

「正合需要。」我說。

他離開了。韓佳洛進來，站在我後面。

我說：「就這樣了。你只好在這裡等。答應我不論有什麼事，不可亂跑。」

「我保證，你現在要去做什麼呢？」

「回辦公室。」

「我的好人，你頭痛不是該休息一下嗎？」

我說：「我還有工作要做。」

她輕輕地用手指按了我腦後腫起來的地方：「痛不痛？」

「這裡還好，沿脊骨一直向下才僵痛，打得不輕。」

「他們真可惡，」她說，「晚上你再回來的時候，也許會好一點。我覺得原來的你比較有意思。」

我說：「我是原來的我時，你沒有這種意思呀！」

她笑著說：「女人本來就是善變的。」

「我想是的。」我說著，走向門口。

「嗨，什麼時候回來？」

「還沒有一定。廚房用具都在小廚房裡。我會帶點吃的來。任何情況下都不要出去。就待在裡面。門都鎖起來。有人敲門也不要開，就說才洗澡，還沒穿衣服。」

她走過來，把自己停在門和我之間。「唐諾，」她說，「你對我很好。」

「這也是工作的一部分。」

「對我很好。我知道，也不會忘掉。你很可愛。你知道我——我也要仔細想一想。我騙得過白莎，但是騙不過你，對嗎，唐諾？」

「不必擔心騙不騙得過我。你應該擔心的是騙不騙得過宓善樓。」我把她推開，向門走去。

第十七章 唐諾的戀愛生活？

卜愛茜把辦公室的門故意開著，所以她可以不斷看到接待室大門的動靜。我一走進接待室，她開始手眼並用，眼睛拚命向白莎辦公室眨。用手猛做手勢叫我快逃。

我趕緊止步，正要退出去的時候，白莎的辦公室門一下子打開，我聽到宓善樓的聲音在說：「好，只要他一回來——」

門上自動關閉器動作緩慢，在我還沒逃出他視線的時候，他已看到了我。他叫道：「他這不是回來了嗎？」

我又把門推開，走進去，說道：「哈囉，警官。」

柯白莎，臉上冷酷，嚴肅地說：「唐諾，這裡來。」

我一副毫不在乎地走向白莎的辦公室，一面對警官說：「找到那屍體了？」

「沒錯，」宓善樓說，「找到屍體了。」

三個人都坐下。宓善樓帽子推在腦後，前額皺起，嘴裡一支濕兮兮的雪茄，神經質地不停地咬著。還把雪茄不時從這個嘴角移到那個嘴角。

「怎麼樣？」他問。

我奇怪地看向他：「什麼東西怎麼樣？」

他說：「你是什麼意思？你報警發現具屍體。講了一半把電話掛掉。你不告訴我你在哪裡，或是哪裡可以找到你。也不說你怎麼可能正好碰上這屍體的。你報警報得那麼輕鬆，好像發現隻別家失去的狗似的。你回到你辦公室，你還不知道和警方聯絡，甚至連你合夥人都不知道你發現了一具屍體。告訴我，你在搞什麼名堂？」

我厭倦地說：「你的問題真多呀！」

「那就快點回答。」

我說：「一次答一個。」

「少給我來這一套。」

我讓自己的臉表示驚奇：「給你來這一套？我以為你時間寶貴，所以請你一次問我一個問題，我可以把要點回答你。哪裡在搞這一套！」

「你沒有告訴我哪裡可找你或是你在哪裡等我。當一個人發現屍體報警，他應該告訴警方他是誰，等等資料。」

我說：「我發現屍體不到十秒鐘就報警了。我告訴你我是什麼人。而你把電話掛了，我——」

「電話被切斷了。」

「我怎麼會知道？」

「你可以再打過來呀。」

「我正好缺少硬幣了。而且你已經知道情況了。」

「為什麼你沒有告訴白莎這件事？」

我說：「我沒有機會。我也不想在我們客戶面前討論這件事。我想你會喜歡由警方依警方的方式發佈這種消息。再說萬一兇嫌逃走，或知道了兇案已被發現，我不希望說是我們這裡洩出去的消息。」

「你考慮真周到，唐諾。」宓善樓說。

「謝謝。」

「你怎麼會正好在那裡？」

「我去看住在那裡的女郎。」

「歐露絲？」

「是的。」

「為什麼？」

我說：「她是桂喬治牙醫生的護士。」

「這和本案有什麼關係呢？」

「桂醫生是包太太的牙醫生。」

「說下去。」宓善樓說。

「她曾在頂好藥房買了點毒藥。」

「噢，你都知道。」

「是的。」

「還知道什麼？」

「還不夠呀？」

「在那裡你做了什麼？」

「我開車去她住的公寓。」

「按鈴了？」

「沒有。」

「怎樣進去的？」

「公寓門沒有關好。」

「房間的大門呢？」

我把雙眼盯著天花板說，「我輕輕一推，它就開了。」

「亂講，你最好說老實話。」

我說：「好了，你一定逼我說。我用了萬能鑰匙。」

「還像話，你去找什麼？」

「證據。」

白莎生氣地說：「這些你一點也沒有告訴我。唐諾。」

「我沒有時間呀！」

宓善樓說：「你現在有時間了。」

我看一下我的錶，說：「說到時間，我在第二場賽馬有個極可靠的內幕消息。我要在賽完立刻打電話及去收錢。」

白莎說：「善樓是和我們站在一邊的。我們的客戶已證明清白。我們是按一個方向工作的。你押了哪匹馬，唐諾？」

「會贏的一匹。」

「你怎麼知道會贏？」

「因為我發現了一個準確預測的方法。這個方法至今沒有人想到過。」

「你買了多少錢在這匹馬身上，好人？」

「一百元。」

白莎大叫道：「一百元！老天！一定是絕對可靠嘍！善樓，我從沒見這小子曾經超越十元過。」

宓善樓說：「這離開我來此的目的越來越遠了。告訴我，你去歐露絲公寓為的是什麼？當然你可以先說一下第二場有什麼特別消息？」

我說：「也不是我自己發現什麼。我碰到一個人，他有一套全新的科學方法可以選出贏家馬，完全合乎數學邏輯。」

白莎向前傾過來，座椅嘰嘎地響。

「哪一匹馬？」宓善樓問。

「『貴婦人』。」

「我不喜歡這匹馬，」宓善樓搖著頭說，「牠跑不出來。」

我說：「你實在該參觀一下這傢伙計算的方法。他把每匹馬過去出賽的資料都估計進去。都變成個塑膠條在一個特殊光學機器中處理。非常科學的。」

「那麼簡單？」宓善樓問。

「就那麼簡單，但是以前沒有人試過。這傢伙靠此為生，還過得不錯。」

白莎：「哇！你拋一百元現鈔買『貴婦人』獨贏。」

「當然。」

白莎抓起電話，對外間的接線生說：「給我個外線。」之後她快快地撥著電話，說：「哈囉，藍迪，我是白莎——柯太太。我對第二場有個內幕……不……我不管……快點，我知道快來不及了，是『貴婦人』，二十元獨贏。」

宓善樓說：「給我也來二十元，幫個忙，白莎。」

「四十好了。」白莎對電話說。

過了一會兒，白莎又說：「我的變三十，我的朋友要二十，一起湊成五十好了……當然，五十元都用我的名義，你不必管我朋友的事。你只和我交易。是的，五十元。大概五比一，可以。再見。」

白莎把電話掛上。

「你說的傢伙是誰？」宓善樓問我。

我說：「他有個市區辦公室，整個下午坐在那裡只看記錄，不辦別的事。遊手好閒，靠馬吃飯，所以自己發明了一種機器。弄幾張塑膠條，有的故意快一點，有的故意慢——」

「為什麼有的快，有的慢？」

「因為有的馬，假如喜歡在軟一點的跑道上跑，牠可以比較其他馬加牠一點贏算機會。他以前的記錄很齊全，消息都是最新的。計算好了只要一按電鈕，就出來了。」

「給你說來像真的一樣。」

我說：「本來就是真的。所有吃馬飯的人都要預測馬賽的。不過他們用人工，用紙筆，苦於因素太多，有時顧不了那麼多。」

白莎說：「這些鬼名堂我通通不知道。不過你那麼精，肯放一百元在上面，我當然跟一點，輸了說不定要你賠。」

我說：「輸了我可不管，我又沒叫你賭。我甚至不願告訴你那匹馬。是善樓逼我講出來的。」

「但是你買了一百元？」白莎說。

「是的。」

「那就夠了。我們又另外有了五十元。」白莎說。

「是的，」宓警官說，「有我的二十五元。」

白莎兩眼發光地說：「你只有二十元，善樓。」

宓善樓說：「我以為我是和你平分的，我占二十五元。」

白莎告訴他：「你說二十的。是藍迪說了大概五比一，我才改三十元，湊滿五十的。」

「我知道，你本來也是說二十的。所以我向你看齊，後來你湊成五十了，我當然還是看齊，每人二十五。」

「現在弄清楚，」白莎說，「我的三十元，我自己照付，你因為自己只要了二十元。你出二十元就夠了。」

「但是那五元是我的權利，我要那五元。」

白莎長嘆一聲：「好，好，每個人二十五元。」

「五比一？」宓善樓問。

「五比一。」白莎說。

「找一天我也要去看看塑膠條那一套。」宓善樓說。

「我隨時有空陪你們去。」

宓善樓說：「聽起來真像是個好主意。越想越好。」

我說：「反正有我一百元。」

「『貴婦人』在機器預測的時候怎麼說？」

「會很接近，絕不是一馬當先。一個馬位，所以才五比一呀！」

宓善樓說：「早到多少沒什麼關係，早到一根馬毛也是贏。我們現在來談包家的案子。我告訴你們，這個案子破了。」

白莎說：「善樓，你的毛病是老愛用環境證據。你得知道，有很多時候——」

「這次不同。這次把她罩得死死的，絕不會有錯。」

「令我不解的是，」白莎說，「你說到謀殺包先生秘書，這一件事。」

「也許華素素知道太多了。至少我們現在這樣認為。」

「你認為和包家中毒案也連在一起。」

宓善樓笑笑說：「連在一起？當然，當然。」

「什麼人做的？」我問。

「歐露絲。」宓善樓說。

「包家兩個人中毒及公寓裡謀殺，都是她做的？」

「是的。」

白莎有意向我看一眼：「我以為你要把一切都推給韓佳洛。」對宓善樓這樣說。

宓善樓說：「不是推給什麼人。我們只收集證據。現在我很想見韓佳洛。假如她和你聯絡，告訴她我急於見她。」

白莎向我望望。

我什麼也不說。

我轉頭來問宓警官：「你能確定是歐露絲下的毒？」

宓善樓說：「當然。我們一進她的公寓，一切就明朗化了。我們甚至找到了她買毒藥的紙包。現在我們甚至知道了她用多少量的毒藥。」

「多少？」我問。

宓善樓說：「真不少。專家認為超過二十毫克是致死量。二十毫克以下不致於死亡，症狀有深有淺。」

「她買的毒藥，用掉多少了？」

「她買了兩千毫克。三百毫克不見了。」

「你在她房裡找到剩下的了？」

宓善樓說：「找到剩下的毒藥。找到一管鯷魚醬，也只剩下一半。事實上她恨包太太，恨到極點了。」

「為什麼？嫉妒？」

「不是。但是因為包太太，她把工作丟了。包太太是桂醫生的病人。因為她有名，有地位，所以她多少有點特權。歐露絲不喜歡如此。露絲要做辦公室的皇后。她對包太太沒有禮貌。她以為桂醫生會支持她，那小笨蛋。」

「桂醫生如何處理？」

「當然支持包太太，開除了護士。」

「所以護士決定對包太太下毒？」

「嗯哼。」

「她認為下毒可以把工作弄回來嗎？」

宓善樓把雪茄在嘴裡連換了幾個位置，他懷疑地看著我：「你想幹什麼？挑毛病？」

「我只是問問而已。」

「我不喜歡你說話的腔調。」

白莎說：「但是，另外那件證據怎麼樣了——你找到的另外一件證據。」

「什麼另外證據？」

「那個有韓佳洛指印的杯子。」

「喔，原來韓佳洛才是你們的客戶。」

「我什麼都沒有說。」

宓警官微笑著說：「你不必說。她現在在哪裡？我想和她談談。」

白莎謹慎地說：「那個杯子怎樣了？」

宓警官說：「韓小姐是被人誣陷的。差一點連我也被騙了。老實說，要不是後來發生了華素素命案，我早就把韓佳洛弄進去了。我已經準備申請拘票了。真是個教訓呀，光看證據靠不住。」

「華素素命案方面你查到什麼？」

宓善樓說：「我們還在查。事實上我離開的時候指印組還在工作。我先離開，為的就是找你。你這個孬種，為什麼不在那公寓裡等我們到達？」

「你應該知道我要你等。我自然會要你等。」

「那是因為你沒有告訴我要等呀！」

「你不是見到我了嗎？」

宓善樓臉紅地道：「不要強辯。單是這件事就可以叫你吃不完兜著走。我還沒辦你用萬能鑰匙，擅入他人住宅呢！」

我很客氣但正經地說：「歡迎，隨便什麼時候。你要找我，可以在上班時間，到辦公室來，再不然可以打電話——」

「閉嘴。」宓善樓生氣道。

我閉嘴。

白莎說：「你在告訴我們華素素和歐露絲的關係。」

「是嗎？」宓善樓說。拿出一根長火柴，在鞋底一擦，裝模作樣去點已經濕透了的雪茄屁股。他說：「包啟樂已經完全好了。一點看不出出過毛病。要不是受刺激太大，醫生早要他出院了。包太太要是能早點被發現，現在可能也已經好了。有趣的是，那個管家兼司機，當他知道包太太死了，哭得像個嬰兒似的，比她先生還難過。」

宓善樓架著二郎腿繼續說道：「我可以告訴你，這傢伙一度在我們手中。咬定自己叫馬偉蒙。當然，有毒的餅乾是他拿出來的。假如只是包啟樂死的話，他脫不了干係。但是，丈夫好了，太太死了，這傢伙就沒有動機了。你應該看看當他知道包太太死了時那個樣子，什麼都說了出來。」

「不會是做作吧？」我問。

「做作個鬼！他當時眼淚像斷線的珍珠一樣。」

「她丈夫倒不太傷心？」

宓善樓說：「他比較會控制。他打電話給辦公室，告訴他們發生什麼事，叫他們暫時停止營業。」

「他找辦公室什麼人關照的？」我說。

「華素素，他的秘書。」

「之後呢？」白莎問。

「那邊有兩個女人在工作，華素素和尹瑪莉。我想她們兩個人不太合得來——這也是一起辦公常有的現象。」

「華素素一聽到包太太已死亡的消息，她立即告訴尹瑪莉。她說假如這是謀殺的話，她知道一些事情不應該不說出來，而她準備要有所作為。」

「她有沒有說出是什麼事？」

宓善樓說：「我正要說這件事。華素素的車出了毛病，無法發動。尹瑪莉的正好在。華素素請尹瑪莉帶她進城。」

「瑪莉同意了？」

「是的，瑪莉準備把華素素送回家去。但華素素要去力士溪路那個地址。」

「之後呢？」

「所以瑪莉把她帶到力士溪路的地址。華素素叫她在外面等一下。瑪莉坐在那裡等了半個小時。瑪莉有點火了，認為華素素也太不像話了，連回話也不給一個，要她一直等下去，所以她就乾脆一走了之。」

「一點都沒有想到華素素會碰到危險？」

「是的。她認為華素素是去找個證人談談的。這也是華素素告訴她要做的。」

「瑪莉有沒有注意到公寓的大門？」

「沒有，這是我們的不幸。她是勤學派的，她在學西班牙語，她有本西班牙書在身邊。她坐在車中學西班牙文，沒有太注意公寓的大門。至少開頭的二十分鐘，一點也沒有看大門。而後她太生氣了，覺得靜不下來了，開始東看西看，越來越生氣。她把書合起，又等了五分鐘，然後便發動引擎，走了。」

「你想發生了什麼事？」我問。

宓善樓不好意思地看我一眼說：「我怎麼會知道？我又不像你那麼聰明。照我的推理，當一個女人恨另外一個女人，而那另外一個女人被人毒死了。你知道恨人的曾買過毒藥。有人知道這件事，到她公寓去查，就被扼死了。連一個笨警察也不會把二和二加錯的，對不對？」

我說：「華素素可不是沒有力氣的小個子。她有曲線也有很多肉。要是對手不是太強太大的話，她會反抗的。」

宓善樓說：「那是因為腦袋瓜子上先被人敲了一下的原因。那一下是從後面打的。當然，是趁她未注意的時候打的。多半是根短棒。在她右耳上方有一塊挫傷。」

白莎說：「要點是你說過的，韓佳洛小姐現在已經澄清嫌疑了，是嗎？」

宓善樓說：「是的，她已經澄清了。但我要和她說話。」

白莎向我看看，我搖搖頭。

白莎賭氣地向我說：「為什麼不？」

「你們兩個搞什麼鬼？」宓善樓問。

「沒有呀。」我說。

宓善樓說：「我早就在想韓佳洛是你們的客戶。我不知道她為什麼要請私家偵探幫忙。但是她預先知道包家會有中毒事件發生，而且希望能預防。後來我想通了，她也許同情包先生，但是她是個好孩子，她要保持包家內部的平靜，又不希望門口會掛上喪禮花圈。使我始終想不通的是，她為什麼願意為了包先生不出事而付錢給你們。我又想到她付的錢，可能不是她自己拿出來的。這更意味著整個事件背後有一個人知道很多我想知道的事。所以我要找韓佳洛，而且急著找她。」

大家都不說話。

宓善樓問：「她是不是你們客戶？」

我說：「我告訴過你一次，善樓。我們不能提供這種資料。」

「喔，別拗了，」他說，「你們現在可以告訴我了，尤其是在我告訴你們，她已沒有嫌疑以後。我只要問她幾個問題，沒有別的意思。」

白莎脫口而出：「她在賴唐諾的公寓裡。」

「真的！」宓善樓自椅中坐直。

「不是，她不在我公寓裡。」我說。

宓善樓把頭向後一仰，笑著說：「好呀！唐諾。多好的主意！對你非常有利吧，走吧，我們馬上去你公寓找她談談。」

我說：「我告訴過你，她不在那裡。」

白莎說：「你不必那樣謹慎，唐諾。善樓絕不會出賣我們。他說韓佳洛清白了，就清白了。你就喜歡和警方作對。我不會。我要和警方合作。警方可以叫我們過不去，但也可讓我們賺錢。這一點你一定要學我。」

我說：「好，我帶你們一起去看韓佳洛。她真的不在我公寓。」

「我懂了，把我們東帶西帶，帶到你有機會打電話給她，或是有什麼約定的暗號叫她溜掉。你為什麼一定不讓我們見她呢？」

「我沒有呀。」

白莎說：「別傻了。假如你不想清清白白，我要清白。」

宓善樓好奇地看向白莎。

白莎說：「佳洛四十分鐘之前還在這裡。她把她的故事說了，唐諾決定要她暫時避免露面。我們研究比較最妥當的地方，最後認為唐諾的公寓最為理想，所以唐諾把她帶過去了。」

我說：「沒有，我沒有把她帶去我公寓。我把她放在一個汽車旅社裡。」

宓善樓笑出聲來。

「跟我走，我證明給你們看。」我說。

宓善樓說：「當然，當然。不過我們先要去你的公寓。」

「有搜索令嗎？」我問。

宓善樓的臉脹得通紅，說道：「這件案子我可以先羈押你的，唐諾。對你來說我不需要搜索令。你要弄明白。你再亂叫，我就教你一點禮貌。」

宓善樓把嘴中濕兮兮的雪茄拿出來，厭惡地看了一下，砰的一聲重重投進白莎的廢紙簍裡。

白莎喊叫道：「不可以！我告訴過你幾十次，你那該死的劣等雪茄，要臭好幾天呢！」

宓善樓笑笑：「走吧，白莎。我們快走吧。」白莎自她那會叫的椅子上站起，繞過巨大的辦公桌。

宓善樓不輕不重地一掌拍打在她肥大的屁股上：「你先走，大女孩。」

白莎轉過身，怒視著他：「不要你碰我。」

宓善樓說：「不要忸忸怩怩，我知道你吃這一套。」又加一句：「我們走，去看看唐諾的戀愛生活。」

第十八章 福爾摩斯先生親自出馬

我說：「我還是用我自己的車，因為我還有別的地方要去。我猜你喜歡用你自己的車。」

「是的。」

我對白莎說：「你要跟善樓去，還是跟我去？」

「我搭善樓的車好一點。」

宓善樓說：「等一下，等一下。千萬不要想溜掉，在電話上搞什麼鬼。」

我說：「老天，我告訴過你們她不在我公寓。你們要去，我無所謂。要是不相信，你們現在打電話，不會有人接的。」

「好主意，」宓善樓說，「白莎，他公寓什麼電話號碼？」

白莎把我電話號碼給了他。宓善樓撥了號碼，聽了十多秒鐘沒掛斷。他確定沒人接聽後，才掛斷電話，奇怪地看著我。最後他說：「好，唐諾。我們就走，就算是好奇，我要去看看。」

我告訴他：「隨你便。到我那裡只能請你們喝點酒。今後你把我笑死，要你賠命。這是我鑰匙，你拿去，假如你用警笛我就跟不上你，會晚到幾分鐘。」

宓善樓說：「你留著，不用費心。我不用警笛。你要用你的車，我就跟在你後面。你不要亂跑，直接向你公寓。我和白莎緊跟你後面。清楚了嗎？」

我點點頭，故意打個呵欠。

走出白莎辦公室，來到接待室，我突然想起以前愛茜使用的扦紙器仍放在進門的桌子上。那是一支鐵質長扦，有一個重重的底座。各種紙張等待處理或將來可能有用的，都可以插在上面。

宓善樓第一個走上走道。我讓過一邊讓白莎先我而行，順手一抹，把扦紙器攫到手上，順手一撈把上面的紙都取下，向地上拋。

我回頭一瞥卜愛茜好奇地看看我。但是她一個字也沒有說。在我離開之前也不站起來收拾地上亂七八糟一大堆紙。

我把扦紙器整個朝口袋中一塞，跟了宓善樓和白莎進同一架電梯。宓善樓的車果然停在大樓門口消防栓之前。

宓善樓進入駕駛座之後，我扶著白莎繞過車子到車的另外一邊。替她把門打開，握住了門等她進去，關門。

如此之禮貌差點把白莎樂死。我看到她打心中發出來的笑顏。

我又從車後繞過來，從口袋中拿出鐵扦，稍稍低下前身，用力一下插進警車右後車胎。把鐵扦拔出，放回口袋，走向前說：「警官，我開公司車，我會直接去公寓。」

「好，」宓善樓說，「你帶路。」

我說：「你要仔細跟著我。我不容易看到你有沒有跟上。」

宓善樓指指警笛說：「不用費心。我這裡有張王牌。你想要開快車溜掉，門都沒有。不必擔心，你儘量飛好了。我甚至可以跟你打點賭。」

「可以。」我說著走向我們公司車停車的地方。

我開車出來的時候宓善樓在車裡點一支新雪茄，並沒有特別想快發動引擎的模樣。

我很快通過一條半街在前面領先，而後保持一個紅綠燈的距離，但是走不了四、五個紅綠燈，看到後面宓善樓把車拉近緊跟在後。後視鏡上看得到宓警官像隻狒狒一樣坐在駕駛盤後面，嘴中才點的雪茄蹺起四十五度角度。

我們又一前一後走了十多條街。我有一個機會可以左轉。左轉時看到宓善樓的車相當顛簸。突然宓善樓把車開到路邊，他的一個輪胎沒有氣了。

我一腳踩上油門，到底。

我在半條街之內聽到一連串警告式的喇叭聲，自後面宓善樓警車上發出。到街口我又聽到警笛聲。

我沒有理會他，繼續駕駛，速度很快。

在我公寓前面，我把車煞住。很快離開汽車，走進人行道時手中已拿出公寓的鑰匙。我開大門的時候期望電梯正在底樓。

電梯正是在底樓。我上樓。

電梯裡有一塊不太乾淨的四方小地毯。我把它的一個角拉出一點夾在兩扇門當中，電梯門關不起來，電梯自然不動，我要使他們只能走樓梯上來，這樣能使我爭取幾秒鐘時間。

我快步來到自己公寓房門前，用鑰匙把鎖打開說：「露絲，快，我們必須立即離開這裡。」

我聽到光腳走路聲和輕輕地一聲喊叫。

露絲站在浴室門口，手握一條浴巾遮在前面。

我說：「什麼時候不好洗澡！」

「唐諾，我沒辦法，一定要洗個澡。你看我把你的地方整理好了。真是亂得怕人。怎麼啦？」

「宓警官馬上到。他們在你住的公寓找到那包毒藥。」

「你說什麼呀！」

我說：「快穿衣服離開這裡。」

「你站在這裡看著我，我怎麼穿衣服？」

我走到窗口說：「我不看你，快穿衣服。不必穿襪子。隨便穿一件，快溜。我把電梯停在這一層樓，暫時他們上不來。你一出去就向樓上一層跑。假如發生什麼狀況，你被捉住就什麼都不講。你穿衣，我問你。你認識華素素嗎？」

「她是誰？」

「包啟樂的秘書。」

「是的，我見過她一次。」

我說：「她死在你公寓裡。」

「唐諾——」

「謀殺。有人在她頭上打一下，用一隻你的尼龍襪把她勒死了。你知不知道，她是否認識桂醫生？」

「認識。」

「你和華素素多熟？」

「不熟，她來過我公寓一次。她特意來看我。」

「她想要什麼？」

「她來打聽桂醫生和包太太之間的事，我無法令她滿意。」

我說：「快點穿衣服。」

「我穿好了。」

我轉身，她已把裙子、上衣、外套穿上。兩腳正穿上鞋子。

「有帽子嗎？」

「有。」

「在哪裡？」

「我未拿。」

「襪子？」

「在皮包中。」

「有沒有東西留下？」

「沒有。」

「好，走吧，記住，往上一層跑。」

「唐諾，要是他們逮到我，會怎麼樣？」

我告訴她：「你再不走，就真被逮住了。去上一層樓，在那裡等著，我會來找你的。他們絕不會想到到樓上去找你的。」

我把她推到門口，把門替她開好，又把她推進走道：「走，出口門裡有樓梯，上樓。」

我看到她走進出口門，開始爬樓梯。我回到公寓環視她有沒有留下什麼。我沒有多少時間來看，門上已有重重的敲門聲。

我走過去，把門打開。

宓善樓把門一推，直撞牆上的橡皮門止。

我讓開，使他可以進來。

「回來多久了？」宓善樓問。

我做出驚奇的表情：「才到呀！你不是跟著我進來的嗎？」

「沒聽到我的警笛？」

「警笛？當然聽到了。」

「為什麼不停車。」

我說：「這不是你用來清道的王牌嗎？」

「我要你停車，我輪胎給扎了釘子。」

「我一點也不知道呀！」

宓善樓伸出一隻手抓住我肩膀，把我轉過來面向他，用力一推，把我的背靠在牆上。他說：「他媽的，我也不知道你是運氣還是聰明。」

白莎生氣地叫道：「善樓，不可以動粗！」

我說：「什麼意思，你輪胎扎釘，關我屁事。輪胎要換，怎麼會來得那麼快。」

白莎生氣說：「我們沒有換。徵用第一輛經過的車，帶我們到有計程車可搭的地方。」

宓善樓解釋道：「即使如此，你一定比我們先到五分鐘。」

我搖搖頭：「我一點也不覺得有那麼久了。等一下，也許真有那麼久。我把車停好，看你們沒在後面，在樓下等了有二、三分鐘。傻瓜一樣在街上等，之後才上來。」

宓善樓說：「小子，我告訴你，要是你騙我，我叫你失業。我要吊銷你吃飯執照。」

「等一下，」我說，「是你自己叫我儘量開，不必管你。你說你——」

宓善樓生氣地說：「算了，不談了！女人在哪裡？」

我說：「白莎一個人說在這裡呀。」

「她不在這裡？」

我說：「韓佳洛不在這裡。你來之前我就一再聲明。你自己找一找，不要客氣。」

宓善樓隨便在公寓看了一下，轉向白莎：「你在搞什麼玩意兒？」

白莎又是喘氣，又是憤怒：「唐諾，不要以為你騙得過我。」

我聳聳肩。

宓善樓說：「你們兩個誰也不要以為我是笨伯。這裡沒有女人。白莎。你怎麼說？」

白莎說：「電梯失靈，我們爬上樓梯來的。是碰巧嗎？」

「怎麼說？」宓善樓說。

白莎說：「不要這樣看我，唐諾。天知道，我不會為你受過的。」她停下喘口氣又繼續：「善樓已經說對她沒有惡意了，你為什麼不讓她出來見見面？」

我把香菸匣拿出來，向善樓示意問他要不要來一支。

宓善樓說：「省省吧，娘娘腔的玩意兒。」伸手從上裝口袋又掏出一支雪茄。

我說：「小廚房裡還有點威士忌。」

宓善樓說：「我在執行勤務。白莎，你不要被這小子打斷話題。我對你剛才說話的方向還滿有興趣。唐諾可能想轉變話題。」

白莎說：「電梯壞了，害我們走上來。但是電梯的指示燈表示它停在這一層樓。」

「有點道理。」宓善樓說。

我對白莎說：「你為什麼不參加警方，做一個真的偵探。」

白莎怒視著我，我偷偷地把眼睛慢慢眨一下。

白莎說：「去你的。我不替你受罪。」

宓善樓說：「你一提起電梯，我倒覺得是有點怪怪的。」

「這小討厭鬼，乘你輪胎扎釘的時候，」白莎說，「快馬加鞭到這裡來。把電梯停在這一層上，下不去，我們只好爬樓梯，這給了他幾分鐘時間好安排。唯一我不懂的是他為什麼這樣做。你已經告訴他韓佳洛是清白的。我們也只要這一點保證。」

「她是你客戶？」宓善樓問。

「是的。」

「你們只有一個客戶？」

「是，絕對的。」

宓善樓向我看著說：「唐諾，我不懂。」

我說：「和你們想的合不起來，是因為韓佳洛不在這裡。我告訴過你們，她根本沒有來過。」

白莎開始觀察這個所在，突然她說：「天曉得，誰說她沒來過這裡。看看這裡乾淨得——房東每週只派女傭搞一次清掃。看，菸灰缸都倒過。每個地方都撣過了，一點灰塵也沒有。看這種地方。」白莎用手指尖抹一下書架的上面。

宓善樓看著她思索著。

白莎走進浴室，看了一下，對宓善樓說：「你是個好偵探。」

「省了。」

白莎說：「老天也有眼，看看浴室裡的鏡子。水蒸氣還沒有散。浴巾濕兮兮的。你懂什麼意思嗎？」

宓善樓吹了一下口哨，突然轉向我：「賴，她去哪裡了？」

我搖搖頭說：「佳洛從來沒有來過。」

「你不肯告訴我，」宓善樓說，「看看這堆垃圾，白莎是對的。」

「法律禁止光棍不能有女訪客嗎？」我問。

宓善樓抓抓頭。他對白莎講：「這倒可能是實情。這也是為什麼他不肯把韓佳洛帶來這裡的原因。這裡已經有個女人。」

白莎說：「我們找找看。我也滿想知道她長得什麼樣子。」

「這可能使他不高興，她也會不高興。」宓善樓說。

「那他可以講呀，嘴巴又沒縫起來。是他自己不願講，才變成這樣。」

宓善樓說：「我們假設賴唐諾先我們一步來到這裡。他上了樓把電梯卡住。他的情婦在洗澡。他把她自浴缸拉起——」

「壁櫃。」白莎問。

「我看過了。」宓善樓說。

白莎說：「他是太聰明了。我想得到的地方他不會藏。」

「等一下，」宓善樓說，「你自己假設是他，你想想為什麼要在電梯上動手腳？」

「當然是要我們跑樓梯，晚一點到這裡。」

宓善樓說：「沒錯，他多了一點點時間。一分鐘，也許兩分鐘。但是這樣也增加他的危險，因為上下只有樓梯一條路。我們上，她下，那不是更危險嗎？一般的人會讓電梯通暢，我們電梯上來，不會用樓梯，她就從樓梯下去。」

「我不懂。」白莎說。

「女郎一準備好要走，唐諾應該把電梯恢復正常，我們從電梯上，女郎自樓梯下。那才成理。」

「我知道了，沒錯。」

「但是他偏不如此做，為什麼？」

我說：「宓警官，你還很會推理的。」

他說：「閉嘴！讓我想一想。」

白莎說：「也許他正要出去把電梯復原。」

宓善樓說：「他要的話，這點時間他是有的。本來他是要玩這一手的，我們電梯上，她樓梯下。後來，他進來的時候，她在洗澡，時間上來不及了。我們到之前，他來不及把她送出房子了。」

「他怎麼辦？」白莎問。

宓善樓猛咬那支沒點火的雪茄，他眼睛一面觀察我，一面自他眼中可以看出他在拚命地想。

我用沉著、無辜的眼神看著他。

突然，宓善樓說：「天哪，我真笨！早該想起來的。」

「什麼？」白莎問。

宓善樓走向房門，一下打開，走上走道，轉向我問：「通樓梯門在哪裡？」

「你從那裡上來的，」我說，「你應該——」

「我不要下去的樓梯，我要上去的。」

我指著門。

宓善樓說：「謝謝，唐諾。」推開門就爬樓梯上樓。

我轉向白莎：「這是什麼合夥工作？」

「不要把一切都往我身上推。你為什麼不老實告訴我你有個藏嬌。」

我說：「我一直告訴你我不要把韓佳洛帶這裡來。我們不能再幹這種把戲——把警察要的人藏起來。」

白莎怒容滿面地說：「我不知道你為什麼突然變正經了？一切麻煩都是因你而起。你根本沒有經濟頭腦。」

「跟這有什麼相干？」

她說：「你不會為錢工作。只要隨便哪種貨色把她的長頭髮在你眼前甩一甩，你就昏了頭，把我們合夥的利益在聖昆丁監獄門口晃來晃去。想起以前我們公司因為你看中了案中小妞冒的險，連我脊椎骨都還在冒冷汗。而且據我經驗好像每一個案子都有這樣一個女人。我一想起來簡直不敢起床，不知道新的一天，我合夥人會給我出什麼紕漏。我——」

房門推開，宓警官用手扶著歐露絲進來。

「看我們找到什麼了？」他說。

「他奶奶的！」白莎突然喊著。

露絲說：「你無權把我拖下來這裡。這些是什麼人？」

宓善樓說：「不要緊張，妹子。你說你沒來過這公寓？」

「當然沒有。」

「為什麼你的指紋到處都是？」

我說：「別唬人，你根本沒有——」

「閉嘴，」宓善樓說，「從現在起，這裡由我主持發言。」

「這是我的公寓。」

宓善樓故意有禮地說：「沒錯。你是住這裡，賴先生。但是你只是暫時的住這裡。你未來的住址是個很好的大房子，裡面有很多小房間。你只占其中一間，而且窗上有鐵柵。」

我說：「有一個女人來做家裡事情，什麼時候開始算犯罪了。」

露絲說：「好，我說出來好了。我一個月之前碰到賴唐諾，我愛上了他。我的離婚還未辦妥，我們還不能結婚。」

「所以你一直住在這裡。」

「不太久，」露絲說，「住了一個多禮拜。」

宓善樓走向壁櫃的門，把它打開。他說：「你的東西呢？」

「唐諾有女傭來服務，他不要她知道這裡有女人。」

「牙刷呢？」

她無助地看向我。

宓善樓說：「這是我一輩子聽到的最……嗨，等一下。紅頭髮，五尺四，一百一十二磅，好身材。老天！你是我正在找的女人。你是那女兇手。你是歐露絲！」

我說：「好了，露絲，坐下來。我們還是面對現實。反正過不多久，他也要看你駕照的。」

「我是走了好運啦，還是做夢啦？」

「我反正倒楣到家了。」白莎宣佈說。

我說：「好了，朋友們，我們統統坐下來談一談。」

「好，我要告訴全世界，我們來談一談。」

我說：「我的目的是使全案明朗化。我想一切在二、三小時內可以解決。」

宓善樓說：「那可是太好了。福爾摩斯先生親自出馬。唐諾，你準備一個人和整個警方較量，是嗎？」

「是的。」

「是的！你真謙虛。」宓善樓說。

我說：「坐下來，不要帶任何偏見。你們警察唯一的困難是一旦你捉人，你騙不過記者。等不了幾個小時報紙上到處都是什麼案子，警察捉了什麼人。大部分警察都不會接受賄賂，但是每一個警察都喜歡宣傳。一定會有記者把你擁到辦公室角落，追著你問，要你把怎麼知道這女孩子是兇手的事告訴他們，他們就把報上最大最明顯的位置給你。一下子你就會中計。於是你說個沒完，把剛才我們談的都告訴他們。」

「你開了頭，你說下去。」宓善樓說。

我說：「我現在要告訴你實情。」

「好，好，好！」

「桂喬治醫生命令歐露絲去買一點三氧化砷。她買回來後依照他指示放檢驗室架子上。露絲告訴我這些，問我應該怎麼辦。我告訴她應該回桂醫生的辦公室，把那包砒霜在桂醫生能碰動它之前，先拿到手，而且放到安全地方。

「露絲昨天晚上取到那包毒藥。把它放在聯合車站自動存物櫃。她來告訴我。我告訴她應該通知警方。她說她要我來報警。我叫她在這裡等，我要先去拿到毒藥。她告訴我開存物櫃的鑰匙在她另外一套衣服口袋中。她把她公寓鑰匙交給我。我到她公寓要去拿那存物櫃鑰匙。我用她給我的鑰匙，一進門就被人在頭上猛擊了一下。我醒來時發現了床後的屍體。我下樓就立即報警。在這之前我曾經在她說的口袋裡找到要的鑰匙。我到聯合車站去開存物櫃，毒藥已經不在裡面。」

宓善樓諷刺地說：「這樣看來，你是發現屍體立即報警。而且很詳細，什麼都報告了。這樣要是能沒事，我真恭喜你。」

我說：「我要在報警前，和露絲談一談，把很多事情弄清楚，免得一報警，很多記者的宣傳造成警方的困擾。」

宓善樓對白莎說：「白莎。我看從現在開始你只好單獨一個人作業了。」

「什麼意思？」

他說：「照賴唐諾自己所說，他是一個事發後的從犯，沒有錯。他自己也會到別的地方藏起來十五年到二十年。」

「你是玩真的，善樓。」

「當然我是玩真的，」宓善樓說，「我要先把他帶回總局去，我對這位大偵探已經有足夠的證據了。」

我說：「你站著不太累嗎？我們講講理談一談。」

宓善樓說：「講理個鬼。你不是已講了不少，一點理也沒有。」

我說：「你倒仔細想想，你有什麼證據對付我，你沒有握著我的什麼把柄。我只是要在報警前先把事情弄清楚。我不能糊裡糊塗報警，結果不是那回事，讓你們警方出洋相。」

宓善樓沒改他嘲諷的口氣：「不會，不會。你告訴我們後，我們會去查，不會出洋相。」

「宓警官，不要把這小姐帶到警局去。她不會逃跑，讓她就在這裡。這樣記者什麼也不知道。你我聯手，兩個小時就可以把案子破了。」

宓善樓微笑著說：「唐諾，不要耍花樣了。在我看來，案子已經破了。你們統統跟我回總局？」

「善樓，講點良心，我們處得不錯。」

「亂講，」他說，「我們警察都要用頭腦，不能亂講良心。」

「你把這小姐帶進去，報上一宣傳，就再也找不到真正的兇手了。」

「我的兇手已在這裡，還找什麼兇手。說不定我已經有兩個兇手了。你懂我的意思嗎，唐諾？」

「不懂。」

「我想你拿鑰匙去這女人的公寓，華素素進去撞上了你。我想你打她頭一下，目的是可以逃走，但是你就是打得重了一點點。你不要她叫，所以扼住她，你也許扼得太緊了一點——也許你故意扼死她的。這反正永遠也不會弄清楚了。老實說，自從你參加白莎工作，白莎除了煩惱外，什麼也沒有得到。」

「她除了錢之外，什麼也沒有得到。」

「這件案子她也沒得到什麼錢。」宓善樓說。

「給我兩個小時，只要兩小時。」我祈求著。

「半分鐘也沒有。」

我說：「讓我打個電話。」

他向我大笑。

「只要打一個電話。」

「打給什麼人。」

我看看手錶說：「打給我的經紀人，看馬賽結果。」

宓善樓說：「已經那麼晚了？」

「是那麼晚了。」

他說：「我來問。我來問——不，我也不問。白莎，由你來問！」

白莎走去用我的電話。撥了號。說道：「哈囉，哈囉，我要找……噢，是你，你知道我是什麼人。我的『貴婦人』怎樣了？」

我看到白莎臉色緊張，我從來還沒見過白莎等馬賽結果會如此認真。我看到她臉上現出笑容。我讓自己坐下，把腳蹺在另外一隻腳上，伸手掏菸。

「這個小雜種。」白莎掛上電話，用欽佩加崇拜的語氣說著。

「多少？」宓善樓問。

白莎說：「贏了一個脖子的距離。五比一。贏到兩百五十元。有你一百元，善樓。」

宓善樓說：「什麼一百。我們講好的，後加的十元也是對分的。」

「喔！」白莎順口說：「是我弄錯了。我以為你只要二十元。」

「胡扯。」宓善樓說。

「我們總不會為五十元錢大吵吧。」白莎告訴他。

「你說對了。不會。」

我說：「那就對了。你只能一輩子做個笨警察。」

「你又胡扯什麼？」

「你把這女人帶進去，所有事大家都會知道的。」

宓善樓說：「這不太糟了嗎？我都已見到報上標題了，『宓善樓已逮捕女兇手。兩次兇案一次破解。女殺手天網恢恢』。」

我說：「很好。這樣你會得到不少名聲的，大家都會當你是新聞人物的。之後呢？」

宓善樓得意地看看我，又說：「標題不好還可以改，你聰明由你來寫標題。」

「之後我也許得到嘉獎——不——記功。甚而局長會發點獎金，也許可以升一級，當然薪水也會加一點點。很可怕，是嗎？白莎借條手帕給我，我要哭了。」

我說：「你破壞了全世界獨一無二的賽馬預測系統了。那個人和這件案子關係之深，可以用水沒脖子來比喻。他在報上看到我和露絲的名字，他就會溜。我要是把實情一供出來，警察又必須出動去找他。他們會把那地方亂翻一通。也許你會主持去搜查，但那些複雜精密的東西，經你這毛手毛腳一折騰還能用嗎？

「即使一切小心尚能應用，但是組長會說：『警官，把你找到的證據拿到我這裡來，我看看。』然後局長又對組長說：『組長，把他們找到的證據拿到我辦公室來，我要看看。』你懂了吧，善樓。」

宓警官抓抓他的頭髮。

我說：「你逮到了露絲。你也逮到了我。你隨時都可以再逮捕我們。但是應該先把那預測機器拿到手。你只要把有馬名的塑膠條放進機器，按按鈕，結果就出來了。」

柯白莎懊悔萬分地說：「五比一！善樓。我們要是對這小雜種多一點信心，押他五百元，現在就有兩千五百元了！」

宓善樓走過去，坐下，自口袋拿出根火柴，在鞋底一擦，把火湊到已咬掉一半的雪茄上。

足有兩分鐘，他看著藍色的煙吐到空中。他說：「那玩意兒在哪裡？」

我向他笑笑。

宓善樓說：「對你反正沒有什麼用了。你會有很長一段時間玩不成馬了，你是知道的。」

「對你也不會有什麼用處，對誰都不會有什麼用處，也許對局長有用，你也知道的。」

「我可以把它拿給局長，」宓善樓說，「而——」

我說：「當然，當然。不過你先要拿到它。」

「我會拿到它的，你不必操心。」

「你和記者？」我說。

宓善樓移動一下座位，把手抓進厚厚、鬈鬈的頭髮，看向白莎。

白莎自我陶醉地說：「只要按一下鈕，我的媽呀！」

宓善樓轉向露絲說：「我還沒有聽到你的故事。露絲，你把實況告訴我。」

我說：「露絲，把嘴閉緊！」

宓善樓臉脹得通紅，大聲怒道：「你以為你是誰？」

我試著吐出一個煙圈：「我是那個叫你投資『貴婦人』的人。」

宓善樓和白莎交換眼神。宓善樓說：「你說要多少時間？」

我說：「你可以把白莎留在這裡看住歐露絲。你知道白莎會乖乖聽你話的。我陪你去，看那玩意兒。」

「之後呢？」

「之後我們搜索那地方。」

「我們搜索？」

我說：「沒有錯，你是找證據，我做證人。」

宓善樓說：「證人個頭！你是我犯人。」

「隨便你怎麼說，只是希望你照我方法調查。」

「為什麼要聽你的？」

我說：「為什麼你要買『貴婦人』？因為你也是個要吃要喝的普通人，而人有的時候得冒點小風險。」

露絲說：「事實上我——」

「閉嘴。」

她安靜下來。

白莎打圓場地說：「善樓，你是信得過我的。這小妮子要是敢給我要什麼小動作，我把她所有曲線都打平了。我說到做到。」

宓善樓很有信心地看看白莎全身的肌肉和寬肩膀，承認地說：「誰說你辦不到？」

第十九章　桂醫生的自白

我們在白基地大廈走道中走下去，經過了桂喬治醫生的辦公門口。
宓善樓好奇地看我一眼，大拇指一指：「不是桂？」
「不是。」
「我以為是他，你不是在玩花樣吧。賴？」
「不是。」
「我想你也不會，我們倆有君子協定。我相信你尚守信用。我們去哪裡？」
我停在阿爾發投資公司門口。我說：「就這裡。」
我敲門。
過不多久就聽到門後有腳步聲，蔡凱爾過來開門：「呀。賴先生，你好。沒想到你那麼快就回來，還在偷偷摸摸？」
我說：「蔡先生，介紹個朋友給你。宓善樓。」
蔡凱爾上上下下看了他，握手。假如他知道他是個警察，也沒有任何表情顯出來。

「我們要和你談一下。」宓善樓說。

蔡凱爾一直站在門口，擋著路。退後一步說：「請等一下。」把門一下關上。

「幹什麼！」門關上時宓善樓喊著。他抓住門把，大力轉動著，而後用肩猛力一撞，他吼道：「嗨，開門。」

凱爾把門打開。

宓善樓把上衣掀開一下，讓他看到警章，說道：「你什麼意思？怕什麼？」

蔡凱爾說：「我忘了一件事。我也無意對你無禮。」

「那就算是個意外好了。」宓善樓說。

「我欠警方什麼人情債沒有還嗎，警長？」

宓善樓說：「目前只是警官。債是沒欠，我只是來看一看。你在這裡幹著什麼事？」

「我的辦公室——只是一個好癖。」

「什麼樣的好癖？」

「老實說，我偶爾玩玩賽馬。警官。」

「怎麼玩法？」

「別人怎麼玩，我也怎麼玩，我選擇會贏的馬，放錢在他們身上。有時輸，有時贏。」

「你怎樣選擇呢？」

「各方估計。」

「那邊那只有光的機器是幹什麼的？」

「那是我用來幫助決定選馬的。」

「可以告訴我怎麼用法嗎？」

「當然可以。」凱爾冷冷地說。回頭看著我道：「怎麼啦，唐諾。你不懂得閉上你的嘴？」

我說：「以我個人來說，我都快進監牢了。我已被這位警官逮捕了。我們只是路過這裡。」

蔡凱爾把眉毛抬起。

宓善樓說：「對這件案子，我還有些疑點不滿意。」

我說：「凱爾知道昨晚歐露絲從桂醫生辦公室把毒藥拿出來。他一路跟蹤她，看見她做的每一件事。」

「真有此事？」宓善樓問。

蔡凱爾望向我說：「怎麼啦，你想把罪過推到我頭上？」

宓善樓說：「不必管他，你向我說話就可以了。」

凱爾說：「我真抱歉，警官。他說的我一點都不知道，我也不認識什麼歐露絲。」

「她是桂醫生的護士。」

「噢。桂醫生。他在這一樓有一間辦公室。」

宓善樓說：「這我知道。你有沒有跟蹤她？」

凱爾笑著說：「當然沒有。我的時間有不少事要做。我哪能跟女孩子滿城轉。」

我對宓善樓說：「這件事很容易弄清楚，你問他到底有沒有，要他確認是或否。」

凱爾看著我冷冷地說：「我想我要不歡迎你們了。」

我說：「隨便你怎麼想。目前你要回答的問題是，昨晚你有沒有跟蹤桂醫生的護士？」

「我告訴你我沒有。」

「你沒有跟蹤她去聯合車站？」

「沒有。」

「沒有看到她把一包東西放進存物櫃裡？」

他大笑地說：「沒有，絕對沒有，百分之百沒有。我非常抱歉，賴。但是你不可以拖人下水，誣害好人。」

宓善樓說：「你要瞭解，我來只是對一對，沒別的意思。另外我告訴你一件事。包啟樂的秘書華素素，今天上午發現被謀殺在歐露絲的公寓裡。那包毒藥也在她公寓裡找到，裡面少了三百毫克。假如你知道歐露絲或毒藥的事，希望你能告訴我。」

蔡凱爾用舌舔舔嘴唇：「我對歐露絲一無所知。事實上我昨天根本沒有見到她。」

我偷偷溜到凱爾的身後，移近那收音機樣的裝置，趁著宓善樓和凱爾兩人彼此對視的時候，我把開關一轉。

我說：「其實我的目的就是要你一味否認。我有一個人昨夜跟蹤在你後面。」

蔡譏誚地說，「你的那個人這樣說說而已。他可能在什麼酒吧裡灌滿了黃湯，隨便報告的。」

我對宓善樓說：「跟他的是房吉明。你瞭解他。你知道他的工作態度。」

我看到宓警官突然產生興趣。他說：「你說房吉明在盯他，知道他在跟蹤歐露絲？」

「是房吉明，不錯。」

凱爾有禮地說：「誰又知道歐露絲手中拿的是不是毒藥呢？警官。」

宓善樓說：「這也有理。有誰知道嗎？」

我說：「房吉明可以形容它外形。」

「換句話說，」蔡微笑說，「除非是歐露絲自言自語。」

「你想一個偵探能做多少事？」我問：「攔住她？問她要一匙樣品以便證明裡面是毒藥。」

宓善樓正要說什麼。但是另一個聲音在辦公室內響起，使他不得不停住。那聲音說：「嘴巴再張大一點。」

「什麼玩意兒？」宓善樓問。

凱爾轉身，走向收音機。我抓住他手腕。

「漱漱口。」聲音說。

凱爾把我摔向一邊。

一個女人聲音說：「醫生，很痛——」

凱爾把收音機關掉。

「怎麼回事？」宓善樓問。

凱爾說：「警官，我跟你到局裡去，再不然隨便你說個地方，要問什麼都可以。但是這個辦公室是我的私人地方，我用來預測賽馬的地方，很多獨有的機密我不想和別人分享。至於賴唐諾——」

凱爾轉向我，雙目怒視，恨恨地說：「你給我出去！」

我對宓善樓說：「你該懂了，這是怎麼回事。」

凱爾一拳向我打過來。

我及時把頭躲過。

凱爾臉色氣得變為白色：「你混蛋，我要——」

宓善樓伸出他大而常有機會練習的手，一把抓住他領帶、外衣領子及襯衫。他把凱爾推向靠牆：「等一下，先讓我把這裡弄弄清楚。」

我又伸手過去把收音機打開。凱爾來阻止我，宓善樓把他推回牆邊去。聲音又再次自收音機喇叭傳出來：「好了，今天再也不磨了，工作快完了。」

「這是什麼玩意兒？」

「據我看是桂醫生在治療一個病人。」

宓善樓吹了一聲口哨。

凱爾說：「你們兩位要請出了。你不會正好有張搜索狀吧，警官？」

我說：「他不需要搜索狀。你不是治安人員。你偷裝竊聽器在別人的辦公室。這是個罪證。犯罪現場不須搜索狀。」

宓善樓看看我，同意地點點頭。

凱爾說：「唐諾，你真是翻臉無情。我怕你被包家的新社區套牢，我告訴你內幕實況。我給你『貴婦人』的預測，今天下午你贏錢了嗎？」他問。

「我們統統贏錢了。」我說。

「這是你們報答我的方式嗎？」凱爾說。

宓善樓對他說：「先不管這些。我對房吉明太清楚了。假如他說你跟蹤了歐露絲，那你一定跟蹤了歐露絲。說出來，為了什麼？」

凱爾向兩側伸開兩條手臂，做一個投降姿態：「我也在偵查這件事的真相。我希望查得清清楚楚後可以報警，太早洩漏消息就打草驚蛇了。」

「老天，又來一個福爾摩斯。」宓善樓把手拍向前額。

「什麼福爾摩斯？」

宓善樓說：「又來一個搗蛋的外行，自以為可以做偵探。你們這些人假如把知道的都告訴警方，讓我們來破案，不是省了很多事嗎？你們偏不，每個人守著所知的一點點。你到底知道些什麼？統統告訴我，而且要快。」

「為什麼？」

宓善樓向竊聽器接過來的揚聲器一指：「你聽到唐諾說過的。」

「我希望你不要太快下結論。」

宓善樓告訴他：「把你知道的都說出來。我們先坐下。好了，現在可以說了。」

我說：「我來幫你增加記憶力，蔡先生。我可以告訴你從什麼地方開始說起。」

「什麼地方？」

「幾個月之前，你送了些人的頭髮給一個化學分析偵詢公司，請他們檢驗有沒有含砷。現在你就從這裡開始。」

他看了我十秒鐘，顯然希望看透我到底知道多少。

宓善樓說：「講呀！就從這裡開始。」

凱爾自桌上把紙張推向一邊。自己坐在桌子的角上，一隻腳站在地上，另一隻腳像鐘擺似的慢慢搖著。這也是唯一顯得出精神緊張的地方。

「講呀！」宓善樓催道。

「好，我就什麼都告訴你。我姐姐是包啟樂第一任太太。她和我非常親近。我們彼此十分友好。我對這件婚事不太贊同。我一直把他看成娘娘腔或花花公子。

「事實上他真是個花花公子。他和妲芬開始玩在一起。姐姐麗泰開始不舒服，是相當嚴重的腸胃疾病。明顯的是食物中毒。她病了很久，有一度好一點。突然她死了。沒有屍體解剖。醫生給了張證明，是食物中毒併發嚴重後遺症。屍體火化了。

「啟樂又和妲芬結婚。我真是笨死了，六個月之後才開始起疑。之後我想起很多事情。但都太遲了。屍體都已經火化了。骨灰又撒在山裡了。我開始留意，又讀了點書。」

蔡凱爾走到書架，拿下一本《法醫學》說道：「這是雪耐．史密斯的第四版。裡面對砷中毒說得很詳細。砒霜是一種很特別的毒藥。在身體任何地方都找不到蹤跡的時候，頭髮及指甲中還會存有很長一段時間。史密斯說，砒霜要吃服五天之後才進入頭髮。連著幾個月都會向頭髮分泌。在身體所有組織中都找不到砷後，頭髮中尚可檢查得出來。

「我姐姐留下遺物被送來給我，其中有一個髮刷，是她病中用過的。我把上面的頭髮拿去檢驗了。頭髮裡有明顯的砒霜含量。」

「你為什麼不去找警察？」宓善樓問。

凱爾說：「找警察？他們會說是誣告。他們會說頭髮不是麗泰的。這是唯一留下的證據了。你什麼其他證據也找不到了。我找過了。我找遍了藥房。我找遍了購買毒品的登記。我隨處留意。甚而把自己變成一個醉漢，馬迷，伸手向人要錢。」

「所有這些都是為了想要找證據？」

「是的。」

「來對付包啟樂？」

「別傻了，」凱爾說，「對付妲芬。」

「對付妲芬的？但是她死了呀。」

「你完全說對了，她死了。」

宓善樓的眼睛瞇在一起。他說：「把其他的也說出來。」

「妲芬已經死了。我不應該說她壞話。她不是好人，她是個娼婦。我在找證據時，盯她盯得很緊。我發現她對桂醫生特別有興趣。也許是靈機一動吧，我想也許當初她用來對付麗泰的毒藥，來自桂醫生。我看毒藥登記，知道桂醫生不時的購用砒霜。這是我在桂醫生辦公室裝一個竊聽器的原因。你現在看到的一切都是為了這個原因。」

「你發現什麼了？」宓善樓問。

凱爾猶豫一下說：「我可以告訴你我發現些什麼。可是我希望你在時機完全成熟前，不要打草驚蛇。」

「講吧！」

凱爾走向一個大的檔案櫃，自口袋中拿出一把鑰匙。拿出一批錄音帶來。

他說：「這些是桂醫生辦公室的談話，經過竊聽器傳過來錄下來的。我不在這裡也是自動二十四小時錄音的。大部分是空白或一般談話，就像你剛才聽到的那樣。這一卷，我想你會有點興趣的。」

凱爾把一卷錄音帶放入錄音機說：「這一卷是比較重要有用的。當然聲音有改變，因為我自己拼湊的裝備效果不十分好。但是什麼人在說話還是清清楚楚的。」

凱爾打開錄音機。

一陣沙沙聲後，歐露絲自然、快樂的聲音說：「桂醫生，包太太來了。我告訴她叫她等一下，她一定要立即見你。」

「帶她到檢驗室去。」

「對不起，醫生。另外那位病人已經等得太久了。從——」

「把她帶去檢驗室。」

「等著的病人在叫。」歐露絲堅定、清楚地說：「他另外有一個約會。已經有好幾個病人先他而進來了——」

「把她帶去檢驗室！」

「好吧，醫生。」

有一陣沒有聲音。而後桂醫生假慇勤的對椅子上的病人說：「我實在很抱歉。但是那個病人是緊急病況，需要緊急處理。她要來，我就知道一定痛得很嚴重。請你在這裡稍候一下。」

接著是一陣靜默。凱爾解釋說：「我把竊聽器裝在桂醫生不同的房間裡。他現在去檢驗室。下面的是從檢驗室竊聽器上錄下來的。」

首先是一扇門打開了又關閉的聲音。而後是桂醫生的聲音對妲芬說：「我現在太忙。我——」

「我要你開除那小狐狸精。」包妲芬的聲音說。

「她很忠心。她盡自己的職責而已。妲芬，不要——」

「我要你開除她！」

「我來解釋，妲芬。你看到外面一個病人——」

「你開不開除她？」

「是的，親愛的。」

「這才像話，親愛的，吻我。」

沒聽到接吻的聲音。凱爾附加說明道：「這種吻是沒有聲音的。」

宓善樓移動他的坐姿。

錄音機中聲音又響起。

妲芬說：「親愛的，我所以一定要見你，是因為我們一直等的機會終於來了。我一定要馬上告訴你，因為就在今夜，可能一切都可以解決了。」

桂醫生說：「請說，親愛的。怎麼回事，什麼機會？」

「一家擠擠醬公司，他們做鯷魚醬，想要做廣告。他們的代表來找我留下了一箱鯷魚醬。他要我試用。他們會派照相人員來照相，做全國性廣告，會登在大雜誌上。老天，我真希望能照他形容的去做。但是我知道再等的話啟樂會改變他的保險，他的遺囑。那個華素素的爪子就會得逞了。」

「當然，」桂醫生的聲音說，「華素素現在怎麼肯放棄他。假如你——」

「你真笨，親愛的。華素素絕不是簡單人物。她請了偵探來對付我們。她知道那週末的事。混帳得很，要不是為了這件事，我一定會——還算好，沒有人知道另外那件事。所以我想現在把這件事解決了也好。」

「你想用鯷魚醬來——」

「是的。」

桂醫生的聲音說：「妲芬，一件事你要記好，千萬不能弄錯了。完全要照我說的做。這種毒藥每人的忍受量不一樣，但專家有證明，吃下二十毫克的從來沒有死過人。這一個膠囊裡面正好二十毫克。千萬不要弄錯了。」

「我什麼時候服用呢？」

「就在你給你丈夫下藥之前。膠囊在胃裡需要一點時間才能溶解，所以你丈夫會先不舒服。你可以打電話給醫生，形容你丈夫的症狀，記清楚像我告訴你那樣來形容。他會認為食物中毒，他會告訴你一些處理方法。大概在給完你所有指示後不久，你也會不舒服了。這可以解釋為什麼你沒有繼續照顧你丈夫。你弄清楚了？」

「我當然清楚。我們討論過太多次了。」

「好了，」桂醫生說，「還有件事，不要以為你又可以欺騙我。現在我們兩個是一條命。」

「你什麼意思？」

桂說：「你對我很重要。但是我仍對你不太信任。那司機是什麼人？」

她的笑聲經過自配的線路系統聽起來嘎嘎的，似有金屬聲。

「他是誰？」桂醫生很堅持。

「不是什麼會使你擔心的人，親愛的。你只要說一句，我立即開除他。」

「好，我就說一句，我不喜歡他。我覺得他鬼鬼祟祟的。」

「喔，別這樣說，那表示他就在附近待命。可憐蟲，我同情他。」

「我可不。」

「老天，喬治。你認為任何人都可以——親愛的，吻我。」

又是一段空白時間。

桂醫生說，「妲芬，記住你胃裡已經有了二十毫克的砒霜。只要再吃一點點就可能是致死的。把要給丈夫吃的放盤子的一邊。把你能吃的放在另外一邊。包啟樂從兩邊拿來吃你不必管他。你自己只可以吃一邊的。懂了嗎？」

「是的，親愛的。我懂，不要以為我笨。不要忘記開除外面那小孤狸精。」

「錄音到此為止，」凱爾說，「這一卷全在這裡了。下面只是些無關緊要的對話。想來對你也已經夠了。」

宓善樓看著他，有點無法控制自己，但眼中充滿了興奮及驚奇。

「現在，」凱爾繼續，「我可以告訴你其他的了。」

「你儘管說。」宓善樓說。

凱爾說：「包妲芬拿了毒藥回家，把它和鯷魚醬混合起來。她是非常聰明的。為了怕以後有人懷疑這不是件單純的食物中毒，她還安排了一個備用計劃。她拿到一個她秘書韓佳洛曾經飲用過咖啡的小杯子。杯上有韓佳洛指紋。妲芬用這小杯混合毒藥。她親自準備餅乾。鯷魚醬一部分是有毒的，一部分是無毒的。她把盤子留在配膳走道，自己等著去歡迎丈夫。盤子當然由管家端出來。

「誰說世界上沒有天理循環？妲芬選的貌美男孩，對開車知道不少，但對其他事一無所知。妲芬逗著他玩，只是為了空檔時間的消遣。時間一到也許她又會把桂醫生毒死，來享受和她司機在一起的生活，但目前她只為了好玩而已。她很高興司機對她的五體投地。她滿足於自己的指揮及權力慾。

「但是司機做管家是笨手笨腳的。他端起盤子，把餅乾滑了一部分下來，也許滑到桌台上，也許部分掉到了地上。他撿起掉下來的餅乾，重新把它排好，這樣一來，無心地把原先安排的全部弄亂了。

「妲芬原已服下了二十毫克砒霜的膠囊。當點心盤送進來時她取到原排好有毒一側的餅乾，在她丈夫忙於調酒之時餵進他嘴裡。她又坐下和他共同進了一會兒餅乾及雞尾酒。這時她一定也無意取用了一、二塊有毒的餅乾。加上本來吃下去的二十毫克砒霜，當然她中毒就相當嚴重了。

「本來一切陰謀是可以得逞的。但是餅乾的混合錯排，再加上佳洛幾乎立即懷疑，電召另一醫生與報警。所以反而造成了妲芬中毒過量、延時求醫及死亡。

「二位可敬的紳士，」凱爾做了一個總結式的小動作，「這些就是你們要的謀殺故事。」

「華素素又是怎麼回事？」我問。

凱爾說：「正巧我對這一段也稍有瞭解。事實上，我的確在跟蹤歐露絲。對這小傻瓜，他們不敢放鬆。桂醫生是個聰明人，他平時不斷顯示出常需用一些三氧化砷，他要讓毒品登記上有他常需用砷化食物的登記。他知道他和包妲芬的事，早晚會有人調查。

「桂醫生既然知道早晚有人詢問他，早晚有人會知道他過去常購毒藥，這一次在事件快發生時，他請他護士去為他買砒霜。其實，這次他不需要購買砷。目的只是警方詢問時，他可以說：『是的，沒有錯，我曾請護士去買三氧化砷，我架子上已缺貨二、三個星期了。我們這行有許多地方要用到砷。不過我買的砷不可能和包家中毒案有任何關聯，因為它仍好好的沒打開過放在架子上。』於是他會帶警察到檢驗室，讓警察看到架子上沒打開的小包。小包中的砷一點也沒有短少。但是露絲是出面去買毒藥的人。她怕會被牽涉。所以她昨晚又潛返桂醫生的辦公室，拿走那些砒霜，拿到聯合車站，把它放在自動存物櫃裡。我覺得她如此做就大錯特錯了。因為桂醫生可以說她為憤恨包太太所以偷了那瓶毒藥去殺她恨的女人。我看不過去，證物不能被如此曲用的。

「所以，二位朋友。我一有機會，就親自出手把它矯正過來了。」

「把它矯正過來了？請問你怎麼矯正的？」宓善樓問。

「我把那包毒藥，從她藏進的存物櫃裡拿出來。直接又放回到本來應該在的地方，也就是桂醫生檢驗室的架子上。那存物櫃的櫃子本來是很容易開啟的。」

「你有他辦公室鑰匙？」宓善樓問。

凱爾笑笑說：「你想我怎麼進去裝竊聽器的？」

「毒藥是你親手放回去的？」

「是的。」

「但是怎麼會又在歐露絲公寓裡發現呢?」

凱爾說:「你應該可以推理出來的。桂醫生得知包太太反倒死了。他知道自己要有所準備。何況這次包太太的死亡,一定會做屍體解剖的。

「桂醫生瞭解他一定要把責任推給一個倒楣的人才行。他相信今天早上露絲一定外出去找新的工作。他決定把小包中毒藥倒掉三百毫克,而把其他的放到她公寓裡去。」

「這些指控,你有證據嗎?」宓善樓問。

凱爾揶揄地說:「老天!我把這樣大一件案子用緞帶紮了起來,放在一只銀盤子上,雙手獻了給你。你自己也該有所作為吧!」

「換句話說,有關華素素的事,在你來說,只有推理,是嗎?」

「老天!我真的不能什麼事都給你們做完,你們——」

宓善樓阻止他說下去:「不必再用諷刺的話。我要分辨到底是你知道的還是你想像的。」

「好。我知道桂醫生設計謀殺包啟樂。我知道桂醫生和包妲芬是共同冷血設計者。我知道妲芬毒死了麗泰。我知道天網恢恢,陰錯陽差妲芬自己吃多了自己的毒藥。我猜測桂醫生要把毒藥放進歐露絲的公寓。我知道是我自己把毒藥在昨晚上十一點半放回他檢驗室架子上的。我臆測桂醫生倒掉大約三百毫克的毒藥,把剩下來的放到露絲公寓去。我臆測他在她公寓時，或出來時，正好撞到華素素去找歐露絲。

「這是桂醫生想不到的偶發事件。他知道華素素懷疑他，恨他。此後的一切你推想也能明白，從桂醫生打開小包把其中毒藥倒掉一部分開始。桂醫生和歐露絲之間就二者必去其一了。」

宓善樓咬他的雪茄，咬了幾秒鐘之後，突然說：「唐諾，我要和桂醫生談談。我要你留這裡，看好證據不出毛病。」

凱爾說：「不要擔心。出不了毛病。」

「我知道，」宓善樓說，「你手中的錄音帶，對桂醫生來說是生死令牌。對我而言只是升降而已。我現在要去的地方，我不能帶這錄音帶去。我目前又還不願請其他警方幫手來——還不到時間。」

宓善樓看看我又說：「唐諾，我要依靠你了。」

我說：「你放心。凱爾，把錄音帶給我。」

凱爾把錄音帶給我。

我說：「能借我支槍嗎？」

宓警官用手在凱爾身上有經驗地摸了一陣，凱爾沒有反抗，警官說：「他沒東西在身上。」

我對蔡凱爾說：「凱爾，你聽到了，宓警官要我看住你，你乖乖地不要亂動歪腦筋。」

凱爾說：「你是渾蛋。我在想辦法破這件案子。我不希望你們現在去和桂醫生接觸，還不到他肯承認的時候。假如我們能多收集到一點證據——」

「假如他現在不肯招認，」宓善樓倔強地說，「我會用點壓力，使他招認。我要迅速把這件案子解決了。你們在這裡等。」

宓善樓轉身大步經過我。他在門口停下：「唐諾，這裡全靠你了。」

「放心。」我告訴他。

寫著「阿爾發投資公司」的門自動關上。

凱爾對我說：「現在去找他恐怕早了一點。」

我說：「你對宓善樓不瞭解。他心地不壞，但是固執起來固執得要命。凱爾，我們把竊聽設備打開聽聽如何？」

「為什麼？」

「我想聽聽宓善樓的技巧。」

凱爾開朗地說：「好呀！我也想聽聽。」

他打開轉鈕。

我說：「最好錄下音來。可能將來多一個證據。」

凱爾點點頭，裝上一匣新錄音帶。

我向沙發一坐。

還沒時間點著香菸，辦公室中已傳來那邊的聲音。

「對不起，先生。今天我辦公室沒有護士。我的護士沒有事先通知我昨天就開始不幹了。假如不介意就在此等——」

宓善樓的聲音：「我是宓警官，兇殺組的。任何你說的將來都會用來對付你自己。把這個病人送走，我要和你談話。」

「我們可以去檢驗室談。」

「可以，你先走。」

桂醫生說：「我能不能先問問你這樣闖進來是什麼意思？」

「你認識包妲芬？」宓善樓的聲音。

「是的，是我一位病人。」

「只是病人？」

「病人。」

「替她牙齒做了什麼？」

「怎麼，我——」

「多少工作，把記錄拿出來。」

「我沒有把她的工作記下來，是個老朋友——」

「她常來到什麼程度？」

「噢，幾次。」

「常來到什麼程度？」

「是經常來。」

「上兩個月來了幾次？」

「記不清楚。」

「登記簿有登記嗎？」

「沒有。」

「你是說，她經常來，但是都不需預約？」

「是的。」

「走的時候也不必約定下次什麼時候再來？」

「沒有。」

「她能控制這個辦公室？」

「不能這樣說——」

「你的護士說可以這樣說。」

「那護士嫉妒。她認為是包太太使她失業的。」

「是不是呢？」

「絕對不是，她是因為言行無禮才被開除的。」

「包太太和這件事無關？」

「無關。」

「你給包太太砒霜了沒有？」

「砒霜？老天！沒有。」

「從來沒有？」

「沒有。」

「你差你護士去買過砒霜。」

「我沒有。假如我的護士去買過砒霜。那是她自己去買的，我沒有請她去買。她要砒霜幹什麼？難道這個報復性很強的女孩子還——那包家的事是她幹的？」

「不是，」宓善樓說，「我根本不相信。我知道你到過她公寓去放置一些證據，而且你在裡面的時候，華素素進去了。」

「你在說什麼呀？警官。」

宓善樓說：「不必要什麼花樣。我也知道你和妲芬共謀，要殺她丈夫。」

「你瘋了？」

「瘋你個頭！」宓善樓說。

我們聽到什麼東西被撕開的聲音。而後宓善樓說：「看這裡，你見到了嗎？」

「是的，這是什麼？」

宓善樓說：「這是一個竊聽器。可以聯上錄音機。你辦公室也有一個。我們聽到你和妲芬準備謀殺包先生的全部對話。你給了她一個二十毫克的膠囊，是不是？」

很長時間的沒有聲音。

宓善樓說：「說吧！說出來。」

桂醫生的聲音有點發抖，明顯害怕了，「我向你發誓，我給她的砒霜只能叫她發病。她會看起來和食物中毒一樣。假如你有這檢驗室錄音的記錄，你聽聽就知道了。」

「是的，我們知道，」宓善樓說：「你們在計劃殺她先生。是嗎？」

桂醫生想了一下說：「即使是，又怎麼樣？她先生現在不是好好的活著嗎？」

「你到你護士公寓去放點證據，結果和華素素不期而遇，是嗎？」

「完全沒有，你不能對我栽贓。你沒法證明。」

宓善樓說：「沒法證明？你認為華素素怎樣去公寓的？和她同一地方辦公的尹瑪莉用車送她過去的。她在門外等素素出來。她一面等一面唸西班牙文。但是你進去時她剛好看到。你出來時她也剛好看到。半個小時華素素還不出來，她上樓去敲門。沒人應門，她就報警。你知道警察找到什麼。你倒說說——老天，你敢——」

傳過來的聲音，那邊好像傢俱在大調動。而後是宓善樓十分滿足的聲調：「你再敢試，我就叫你真的好看。起來——站起來！你這個壞傢伙，站起來講實話。」

桂醫生站起來，用發抖的語音足足講了十分鐘實話。宓善樓向桂醫生宣佈逮捕。我們聽到手銬的卡嚓聲。然後是宓善樓打電話請總局派車接應的聲音。

我走向凱爾的電話撥桂醫生辦公室的電話。宓善樓接聽。

我說：「我幫了你一個忙。善樓。」

「是什麼人在講話？」

「賴。」

「你在哪裡？」

「還在凱爾辦公室，我說我幫了你一個忙。」

「誰說你沒有？」

我說：「你還不知道，我指的不是你想到的，我另外做了一件你忘記做的事。」

「什麼。」

我說：「把剛才一段精采的記錄下來。桂醫生的自白，每個字都錄下來了。你可以把這證據一起帶回總局去。」

那邊靜默了很久，說道：「好呀！我又欠你一筆。」

我說：「警車來了，你把犯人先交他們帶回。你就可以過來收集證據。你可以再和凱爾談談。據我看你和凱爾兩個人都不會希望那獨有的系統公開出去。」

宓善樓說：「賴，提醒我不要忘了給你一張我的名片，開車超速被逮到時保證管用。」

我說：「那太好了。目前希望你掛個電話到我公寓，告訴白莎，歐露絲沒有事了。叫白莎滾出我公寓，不要打擾歐小姐。」

「你公寓電話多少號？」

我告訴他。

「沒問題，」宓善樓說，「馬上照辦！」

我把電話掛上。

凱爾說：「你來的時候自己說是犯人？」

「開玩笑的，」我告訴他，「善樓和我都習慣了。」

第二十章　紅娘

我來到韓佳洛一個人在等我的汽車旅館。把車停好，試試房門，門鎖著。

我敲門。韓佳洛在門後面問道：「什麼人？」

「賴唐諾。」

「噢，」她說著把門打開，「請進，不要客氣。」

「謝謝。」

我把門自身後用腳踢上。她走向長沙發坐下。我為自己選了把椅子坐下，點支菸。

「累了？」她問。

「是的。」

「一直在工作？」

「嗯哼。」

她嬌羞地說：「你現在好嗎？現在你是什麼情緒？職業性的？動物性的？」

「職業性的。」

她做了個鬼臉。她說：「我倒喜歡你動物性的一面。今天我把最好的絲襪穿上，可是不見你讚一個好字。」

「因為還有重要的事要考慮。」

她說：「這最刺激我了。」

「什麼？」

「還有比我更重要的事。」

「這就是你所謂的動物情緒？」

她笑道：「是噢。」

我說：「佳洛，你第一次到我們社裡來，你不是用你自己的錢來的。」

「是什麼使你這樣想呢？」

我笑著說：「我想你並沒有愛上包啟樂。即使你愛他，我想你也不見得會自己拿私房錢出來請偵探，保護他不中毒。我想是別人的主意，別人的鈔票。」

「你真這樣想？」

我說：「那兩條腿真美！」

她把兩條腿在長沙發上伸直。用手指自下向上把絲襪皺紋弄平，一直向上，把裙子翻起一點，直理到襪子口上。

她說：「我也喜歡它們，你看我可夠資格做褲襪廣告？」

「我看沒問題，有資格。佳洛，是誰出的鈔票？」

「老天，你真要打破砂鍋問到底。」

「是的。」

「這不關你事，我不告訴你。」

我說：「不要忘了，我在為你冒險。有不少環境證據對你非常不利。我覺得是你用咖啡杯調混的毒藥。」

「我把一切事實告訴你之後會怎麼樣？」

「我也許會給你一點有用的建議。」

「假如我不告訴你呢？」

我說：「像你這樣美腿的女郎進監牢那麼久，太可惜了。等你出來時沒有人會再看你的腿了。」

我看到她臉色轉為蒼白。

「是不是蔡凱爾叫你如此做的？」

「為什麼這樣想？」

「因為我想是他。」

她躊躇了幾秒鐘，點點頭。

「他是在你得到這份工作後認識你的？」

「不，是他安排我得到這份職位的。我早——我和凱爾已認識很久了。他要我得到這份工作，因為他希望知道包啟樂家裡在醞釀些什麼事情。」

「你喜歡凱爾嗎？」

「是的，非常喜歡。有一段時間——但是你知道，凱爾不是結婚那一類型的。」

「是他把藥粉交給你的，又教你怎樣使用？」

「是的，他打電話給我，要我立即到他辦公室找他。他把藥粉給我，告訴我這是砒霜的解藥。他告訴我包太太自己會先吃一點砒霜，以示她的無辜。又說她想毒死她丈夫，但是要做得使人誤會別人想毒死的是她。」

「之後發生什麼情況了？」

「凱爾叫我把藥粉和一些鯷魚醬調混。把它放在一片餅乾上，小心帶進包先生和包太太在喝酒吃點心的房裡，找個機會引開包太太的注意力，把這塊有解藥的餅乾放在包太太選吃的一邊最順手的地方。喔，唐諾，我怎麼辦，那個時候我真以為是解藥。那樣一來，包太太吃了就自己不會發生症狀，就把她妙計打破了。但是，我現在知道了，那是——你看……再也不會有人相信我了。」

「我相信你。」我說。

「但是，警察會相信我嗎。」

「不會。」

她說：「我的情況糟透了，我已經做定替死鬼了。我——我不知道蔡凱爾會不會出面保護我。我想他可能不會，因為他要出來就等於自己把腦袋鑽進斷頭台去。我——我也不願意把他拖進來。這樣——」

「沒有人會相信你的故事。人們都會相信你故意毒死她的。」

她悲哀地點點頭。

我說：「我曾給你設了一個陷阱，不知你有沒有掉進去。」

「什麼？」

我指向電話：「我認為我轉身一走，你就會打電話給幕後的支持者。你等於被放逐在這裡，身邊沒有車。我又想你不會跑出去搭便車，因為警察到處在找你。你不告訴我你打給誰，反正查旅館也會知道的。你打電話給他了嗎？」

「是的，我打了。你想我得到了什麼？」

「什麼？」

「我告訴凱爾我在哪裡，他說他會來接我。你知道為什麼我把這些都告訴你？我看他不會理我了，跑了。唐諾，我希望你能幫我忙。」

「我是在幫你忙呀！」

「我希望有台錄音機，」她說，「我不相信你這句話。」

我正想說話，但聽到鋪了碎石的車道上有快步聲，然後是敲門聲。

「會不會是警察?」佳洛問。

「假如是的話,答應我一件事。」

「什麼事?」

「怎麼樣都不開口。保持絕對不說話。只說一切由律師代答。不過我不認為是警察。我認為我已經替你解決所有困難了。萬一是,千萬不能做任何供詞,把嘴縫起來,永遠不拆線。」

我走向門口,把門打開。

門口站的是蔡凱爾。

見到我在裡面,他退卻了一步。

「天下真小。」我說:「你來遲了一點點,請進來吧。」

他猶豫了一下,聳聳肩,走了進來。他把帽子放在桌上說:「哈囉,佳洛。」

「哈囉,親愛的。」

我說:「謀殺的最佳機會自動地送上門來的時候,你會放過嗎?我一聽到桂醫生和包太太談話的全部錄音,我就想到像你這樣天才的人,會不會將計就計利用這個機會——」

「嘖,嘖,」凱爾說,「坐下來,賴,我們談談。你很聰明,只是你話說得太多了。你的朋友善樓,已經把整案全部辦好了。他十分滿意他破獲的案子。」

我說：「為了收集對付姮芬的證據，你的確花了很多時間和精力。你幾乎要放棄了，爾後，來了這個難得的機會。你不但知道她自己要服些毒，而且可以得到證明。你有她和桂的對話錄音。所以你指使佳洛再給她一點砒霜。由於佳洛知道不是食物中毒，所以她急著呼救，救了包先生的命。」

「有意思，有意思。」凱爾說。

「更有意思的是，」我告訴他，「佳洛已經告訴我——」

韓佳洛的聲音像刀一樣切進來說：「唐諾，請不要——」

我把身體向後一靠，等著。

蔡凱爾疑問地看看韓佳洛，又看向我。

「我所不知道的是，」我問，「為什麼你還要出錢讓佳洛來找白莎和我。」

「這個答案我知道，」佳洛說，「因為他真的要保護包先生不受到毒害——你看，他叫我來聘用你們在前，聽到包太太和桂醫生談話在後。」

凱爾靜默數秒鐘。之後他瞇著眼說：「關於這件事，你和你夥伴柯太太談過了嗎？」

「沒有。」

「和宓警官呢？」

「沒有，目前知道的只有我們在座的三個人。」

凱爾微笑說：「這樣的話，問題簡單得多。」

「我想你一定懂得怎麼可以解決了。」

「怎麼辦？」佳洛問。

我說：「不要用這種眼光看我，佳洛。我只是紅娘。」

凱爾說：「當然，賴。只要我有證據證明包妲芬是自願服下砒霜膠囊的，什麼人也不能再證明其他的事。沒有陪審的人會相信其他的。即使有人證明佳洛給她吃了砒霜，也無法證明給了多少。佳洛給的可能不到致死的量。妲芬自服的膠囊可能是致死原因。」

我說：「這是強辯。地方檢察官的辯才可能比你想像的好得多。」

他說：「你真是個固執的怪物。你真的要堅持？」

「是的。」

「再說，妲芬是個女兇手。法律反正會判她死刑的。」

我笑笑。

凱爾說：「好吧，既然你堅持。正如我曾經向你說過的，選在禮拜五死的，都是笨蛋。」

「你們兩個在打什麼啞謎呀？」佳洛說。

凱爾說：「本州的法律，第一三二二條規定：刑事訴訟中丈夫或太太彼此不能作不利於對方的證詞，也就是說檢察官不能請太太作證來指控丈夫，反之也一樣。親愛的，我有沒有這種福氣？」

佳洛吞了口唾液：「什麼呀！我被弄糊塗了。」

「我正在求婚，」凱爾說，「事實上，聰明的人永遠選一個異性者共謀。倒不是我向賴先生張大嘴巴說空話，我只要多跑兩步，經過邊境，讓那邊法官咕嚕幾句，就可以終身把她嘴巴封起來了。我親愛的佳洛，你肯嫁我嗎？」

「你認為你可以把我變成一個服貼的女人？」

「正是如此。」

佳洛說：「我不喜歡。要我終生廝守，一定要真愛我的人。我不要嫁個人，為的是在我嘴上套個消音器。」

凱爾說：「賴，是你逼我在最不羅曼蒂克氣氛下做這種事。這裡有一份下午的報紙。請你暫時去看看報。讓我重新來一個正式的，羅曼蒂克一點的求婚。」

他把報紙給我，走過去坐在長沙發上佳洛的身旁。

「親愛的，」他說，「你和我認識已很久了。你為我做了件事，你做得十分完美，非常忠心。最近我花了太多時間，一個人坐在白基地大廈辦公室裡，聽桂醫生一下叫人張口，一下叫人漱口。我一個人想很多。佳洛，你是個純潔的好女孩。我想收收心，希望能永遠和你在一起。」

我把眼睛盯在報紙上，但嘴裡說道，「凱爾，談談她的大腿，她很以自己大腿為榮。事實上也真他媽的美！」

佳洛說：「喔，兩個渾蛋。一個弱女子，在兩隻色狼虎視之下，有機會跑掉嗎？好，凱爾，我們什麼時候走？」

「我們立即走，」凱爾說，「而且要快快走。先乘我的車到機場，再乘飛機。」

佳洛自長沙發站起。她問我：「你要不要吻新娘？你已經失去了兩次機會。這是最後一次了。」

我吻了新娘。

第廿一章　女人心理學

白莎說：「算算你也該回來了。什麼意思？善樓說你不再有問題了，你怎麼弄的？」

「要我先回答哪一個問題？」

「你怎麼弄的？」

「我用了一點邏輯，一點推理。我知道凱爾一直在竊聽桂醫生辦公室的一切對話。我想到我送鯷魚醬給包太太之後至少凱爾會竊聽到一次很有意思的對話。」

「所有你出過的聰明怪招中，」白莎說：「以這次最出洋相。你以為給她銬上副心理手銬。但是正好要到她心中所想之處。有一天你會學到，只有女人才會瞭解女人。你所缺少的就是女人心理學。」

「的確是我引發的連鎖反應。」

「誰說不是。你偏還跑出去愛上一個小姑娘。老天！我真的不懂，每次派你出去辦案子，你總要給我出點差錯。」

「結果都是大家滿意的，不是嗎？」

白莎怨恨地承認著說：「到目前為止是這樣的。但是有一、二次你自己也很危險的。像這次，我以為你一定玩完了。」

「你責怪我喜歡上歐露絲。在我看來，一切麻煩起源於你和宓善樓交往過密。」

「善樓是個好孩子，」她說，「他常破例給我們機會。」

「是的，」我說，「我看到他給我的這種機會了。」

電話鈴響。

白莎拿起聽筒一聽，說：「喔，給你的，那女人！」把電話推過來給我。

我說：「哈囉。」

歐露絲的聲音自另一面傳來：「哈囉，唐諾，你還好嗎？」

「是的。」

「所有事都弄清楚了？」

「嗯哼。」

她說：「我買了點真正好的牛排。我發現你的電烤爐還可以用，雖然你從來沒用過。我做了奶油蘑菇湯。別人都說我的洋芋炸得好吃。我還做了沙拉。另外還有脆餅乾。晚上要不要回家吃晚飯？」

「家？」我問。

「你聽我說了。」

「我回家。」我說。

「還要多久？」

「半個小時。把一切準備好吧。」

我掛斷。

白莎怒視著我。「這件案子我們可沒有賺到錢。」她不滿地說。

我告訴他：「我還不錯。我投資一百元在『貴婦人』身上，撈到了五百元。你假如膽子大一點，本來也可以多撈一點。」

白莎貪婪的眼睛又突然發光：「唐諾，對那個系統，你們又發現了什麼？告訴我。凱爾發明的那套東西，你和善樓拿到手了？」

我說：「凱爾離開這裡結婚去了。臨走把這系統全告訴我了。」

「他告訴你什麼？」

「他做這些完全因為監聽桂醫生的時候非常無聊。他堅持構想很好。事實上各馬的資料完全正確時是會有結果的。」

「我不在乎理論，」白莎說，「我要結果。」

我說：「據他告訴我，『貴婦人』是有史以來機器選出來第二匹跑贏的馬。他今後準備忘記這一切，只在馬場臨時買一份馬經快報。」

相關精彩內容請見《新編賈氏妙探之12　都是勾搭惹的禍》

新編賈氏妙探之11 給她點毒藥吃

作者：賈德諾
譯者：周辛南
發行人：陳曉林
出版所：風雲時代出版股份有限公司
地址：10576台北市民生東路五段178號7樓之3
電話：(02) 2756-0949
傳真：(02) 2765-3799
執行主編：劉宇青
美術設計：吳宗潔
業務總監：張瑋鳳

出版日期：2023年5月 新修版一刷
版權授權：周辛南
ISBN：978-626-7153-98-7

風雲書網：http://www.eastbooks.com.tw
官方部落格：http://eastbooks.pixnet.net/blog
Facebook：http://www.facebook.com/h7560949
E-mail：h7560949@ms15.hinet.net
劃撥帳號：12043291
戶名：風雲時代出版股份有限公司

風雲發行所：33373桃園市龜山區公西村2鄰復興街304巷96號
電話：(03) 318-1378
傳真：(03) 318-1378
法律顧問：永然法律事務所 李永然律師
北辰著作權事務所 蕭雄淋律師

行政院新聞局局版台業字第3595號 營利事業統一編號22759935

定價：299元　

國家圖書館出版品預行編目資料

新編賈氏妙探. 11, 給她點毒藥吃 / 賈德諾(Erle Stanley Gardner)著；周辛南譯. -- 臺北市：風雲時代出版股份有限公司, 2023.04　面；　公分

譯自：Fools die on friday.
ISBN 978-626-7153-98-7（平裝）

874.57　　112001835